你最該討好的人
是你自己

米夏——著

目錄

目錄

你最該討好的人，是你自己

他人如何看待你，本質上取決於你對他人的價值。所以，別把別人的讚賞和認可當成衡量自身優秀與否的標準。不信你看看，有多少人一邊發給你「好人卡」，一邊理直氣壯地指使你為他做這做那。

前段時間，有天才作家之稱的蔣方舟突然在綜藝節目上爆料自己是「討好型人格」，令網友一片譁然。像蔣方舟這樣年少成名，自帶流量，閃閃發光的天之驕女，在人際關係中竟然也寧願委曲求全去討好別人，可見「討好」這個詞讓多少人躺著也中槍，又在瞬間戳中多少人的內心隱痛。

關於「討好型人格」，心理學上是這樣描述的：「一個人應該以別人的需求為中心，即便本心上做不到以別人為中心，也要假裝能做到。」總而言之，就是要犧牲自己，成全別人，委屈自己，取悅別人。這樣的人大多都助人為樂，總是盡心盡力地幫別人各種各樣的忙，甚至接受自己能力之外的請求……即使自己很累很辛苦，但別人開心就好了啊。

「討好型人格」的人自我認同感很差，他們的自信大部分來自於「他信」——別人說我好，我才會覺得自己好。這就導致他們非常在意他人對自己的評價，對自己的行為總是小心翼翼，變得患得患失，最終被外界各種各樣的要求塑造成一個「盜版」的人，離真實的自己越來越遠。

我的同事妮可，就是一個喜歡討好別人的軟柿子。

剛與她認識，就能從她身上感受到一種超乎尋常的熱情。她會幫我買飯、買咖啡、取快遞，並時不時送些小禮物給我。最讓我受不了的是，她總是把「謝謝你」掛在嘴上。時間一長，讓我覺得跟她交往很有壓力，也為她這樣刻意討好我而有點心疼。

午休時間，大部分同事都會留在辦公室裡吃外送便當，每當這個時候，妮可總是貼心地在這些同事的辦公桌上鋪上報紙，然後再跑到前臺把那些餐盒一盒盒拎回來，分給每個人。大家吃完以後，她又起身，把每個人的餐盒全都收了。大熱天，她像個飯店服務生一樣忙前忙後，甚至瀏海都被汗水濡濕黏在額頭上了她也沒空整理。

有一次，我和妮可帶著兩位實習生去客戶的公司協助做一些工作。兩天之後，客戶找了個機會問我：「她是你的助理嗎？」

我說：「不是呀，我們是同事！」

客戶說：「我希望把她換掉。」

我驚訝不已：「您能說說理由嗎？」

客戶顯然盡量將措辭說得委婉一些：「我覺得她太……殷勤了。我們把你們請到這裡參與專案，是希望每個人都能發揮自己的核心價值，而不是完全沒有自己的創意，一味迎合他人，更不是端茶倒水。」

我一時語塞。其實妮可的工作能力不差，她心思細膩，執行力一流，但這一切都被她唯唯諾諾的外表給掩蓋了，和她比起來，連實習生的氣場都兩米八，又怎麼能怪人家小看她呢？

平時在公司開會也是，大家都覺得妮可的意見「聽不聽都一樣」。從妮可的發言裡基本上聽不到明確的觀點，因為她為了博取他人的好感和認同總是選擇迎合眾人的意見，很少能坦然表達自己的觀點。「批評人」這種事，在妮可二十幾年的人生中，更是從來都沒發生過，要她主動與人發生衝突，那還不如讓她去死。

妮可是大家口中的「老好人」，她從來都是有求必應。大家的觀念就是「有事就找妮可」，那有好事呢，會想到她嗎？未必，有壞事倒是常常會想到她，所以她常常是辦公室裡的「背鍋俠」。不然怎麼辦呢？讓他人吃虧，搞不好就是一場「大鬧天宮」，甚至有可能把大家都拉下水，鬧得一發不可收拾。只有「老好人」妮可，似乎吃點虧也無所謂。

人生的一些坑，有時候是我們自己挖的。
別人怎麼對我們，皆因我們賦予了對方那樣的權利。
別怪人人都捏你，是你自己身段太軟。

—✳—

心理學家哈里特·布萊克（Harriet B. Braiker）寫過一本書，叫《取悅症：不懂拒絕的老好人》（The Disease to Please）❶，她在書中提到，很多現代人都有一種「癮」——迷戀並渴求他人對自己的讚賞和認可，所以常常不由自主地去討好他人。

有多少人像妮可一樣，討好別人的目的，本來是為了獲得讚賞和認可，結果卻恰恰相反，成了「沒有能力、失去自我」的典型。

其實，在成年人的社交中，別人如何看待你，本質上取決於你對他人的價值。所以，把別人的讚賞和認可當成衡量自身優秀與否的標準，絕對是自尋煩惱。不信你看看，你身邊有多少人，一邊發給你「好人卡」，一邊理直氣壯地指使你為他做這做那！

收那麼多「好人卡」幹嘛，召喚神龍嗎？醒醒吧，千萬別把「利用你」當成「喜歡你」，更別把「討好別人」當成社交中的個人價值，這種靠討好換來的「價值」並非你自身真正的價值。

如果不提升自己的能力，而把時間和精力持續用在討好別人上，時間久了，別人只會愈發看不起你、忽視你，因為你對別人越來越沒有價值。

—※—

很久以前有一部韓劇叫《看了又看》，故事的主角是一對姐妹，金珠和銀珠。姐妹倆同時愛上兄弟倆（韓劇的常見劇情），妹妹銀珠嫁給哥哥，成了大嫂，姐姐金珠嫁給弟弟，當了弟妹。

姐姐金珠在出嫁之前，就事先聲明：「結婚後我是不會做家事的，我要讀書寫作，而且也不出去工作，還會晚睡晚起，不能起來做早飯，因此不能與長輩同住。」最後，在長輩的強烈要求下，金珠才勉強答應和公婆在一起住一年。

《取悅症：不懂拒絕的老好人》：二〇〇四年於美國出版，譯名為簡體版翻譯，本書未出版繁體中文版。

相比姐姐金珠公主下嫁般的婚前聲明，妹妹銀珠卻從一開始就拿出了討好婆家的決心，還沒過門就努力地為婚後生活做準備。婚前，她每天一下班就跑到餐廳，一門心思學做婆家的家鄉菜。婚後，當長輩們為她出色的廚藝驚嘆不已時，她卻貌似不經意地說只是找同事隨便學來的。

銀珠一過門就主動包攬了所有的家務，悉心照料一家老小。她擔心別人說她還沒懷孕就回家享清閒，因此連工作也不敢辭。就這樣，她在工作和家庭之間忙得焦頭爛額，常常累得忍不住偷偷掉眼淚。

與此同時，姐姐金珠因為有婚前聲明這一把尚方寶劍，所以理直氣壯什麼都不做，只專心埋頭寫作。後來，姐姐成了美女作家，獲得了文學大獎，而妹妹卻成了為了討好家人吃盡苦頭的「無能」媳婦。看著一屋子來祝賀姐姐的人，妹妹想起自己也曾經有過的成為畫家的夢想，頓時心酸難抑，忍不住潸然淚下，最後只好躲到房間裡去借酒消愁。

過分討好別人，只會損耗自己的人生。
你有多討好別人，就有多委屈自己。

「討好型人格」的形成，多與原生家庭和個人經歷有關。在成長過程中，由於各種原因，造成一個人從小就缺乏自我價值感，他們對讚賞和認可的需求很高，卻不知道該怎麼獲得，而「討好」是他們唯一知道和掌握的獲取自我價值感的管道。就像前面說的妹妹銀珠，她從小就被送到鄉下奶奶家撫養，七歲才回到父母身邊，發現身邊有一個公主般的姐姐，不僅長得美、有才華，而且深得母親寵愛，於是她只好成為家裡那個最懂事、最任勞任怨的孩子，因為她只有這樣做才能得到父母的關注和誇獎。

可是，人生是一條單行道，如果把時間、精力及人生目標都浪費在博得別人的喜歡上，那麼就真的浪費了這唯一一次的人生。

一個人如果能夠適當地「自私」一點，多關注自己的需求，少在意別人的看法，把時間多用在自我實現、自我提升上，專注於自身的完善，日積月累，必有回報。如果你整天為全世界忙碌不已，把大把的時間和精力耗費到別人身上，誰來替你成長？誰來替你生活？

人們青睞的，從來都是自信滿滿的靈魂；那些沒有底氣的謙卑，就算鑽到泥土裡，別人也想再踩幾腳。

把自己活成一束光，你的世界才會變得明亮。我們唯一要做的，就是讓自己活得通透，讓自己的世界變得明亮，吸引我們喜歡的人和事自動來到我們身邊，而不是竭盡全力地去取悅，因為那是一段關係中最大的敗筆。

放棄「老好人」的人設吧！人生在世，首先自己要活得舒服，才能帶給別人更多的幫助；先讓自己變得強大，才能優秀到不容被忽視。

人最重要的，不是做更好的自己，而是更好地做自己。你的能力會為你護航，你的場子你說了算。好好活出自己的風采，人生的舞臺自然大放異彩，就像香水瓶裡的香氣，想不散發香味都不行。

一代時尚女神香奈兒說過：「你可以穿不起香奈兒，你也可以沒有多少衣服選擇，但永遠別忘了一件最重要的衣服，這件衣服叫『自我』。」

愛誰都可以，先愛你自己。

人這一生，與你相處時間最長的人，是自己；最清楚你內心點滴感受的人，是自己；陪著你與生活咬牙死撐的人，是自己；在暗夜中與真實的你赤誠相對、傾心長談的人，還是自己。

你有什麼理由，不善待自己、不討好自己呢？

多年前，媒體報導過天后王菲的一則新聞，當時的情形是這樣的：從演唱會現場出來後，有記者不嫌事大地告訴她，粉絲不喜歡她當天的妝容，而王菲只是淡淡地回了一句：「不喜歡就不喜歡，我喜歡。」

太帥了，這個女子！

你喜歡我，很好，你不喜歡我，也沒關係，只要我喜歡自己就好了。

我不必為了討好任何人而去刻意改變，我只要討好自己、做好自己，就足夠了。

然後，自會光芒四射，繁花似錦。

不要因為你是女人

所有的愛情，到最後無非就是兩種結局：要麼還相愛，要麼愛盡了。對一場愛，既然有迎接的無畏，就要有送別的勇氣，「你若勇敢愛了，就要勇敢分」。

每天一起床，我會先打開手機聽音訊。

有天早上，我在一個職業規劃的音訊課程裡聽到一個故事。一個女人哭得上氣不接下氣，跑去問導師：老公出軌了，我是該離婚，然後孤苦伶仃地一個人活下去，還是不離婚，忍辱偷生地跟老公在一起？

導師反問她：為什麼不是你丈夫忍辱偷生地和妳生活在一起，或者妳快樂瀟灑地一個人活下去呢？

因為，因為……因為我是個女人啊！

聽到這裡，我一下笑出了聲，牙膏泡沫嗆進喉嚨，驚天動地地咳嗽了半天——這嘲笑別人的現世報未免來得太快了點。

林憶蓮有一首歌叫〈傷痕〉，其中有這樣的歌詞：讓人失望的雖然是戀情本身，但是不要只是因為你是女人。

這句話乍一聽，似乎有點語句不通，不知道什麼意思。可細細琢磨下來，其實蠻有道理。

因為我是女人，在一段失敗的情感關係中，受傷的那個肯定是我，離開了這個人，我就難以幸福——這是多少女人給自己植入到潛意識中的觀念。

一碰到感情問題就變笨，似乎是所有女人擺脫不了的魔咒。

比如名嘴陳文茜，被李敖稱為「這輩子所看到的，最聰明的女人」，甚至說她「除了要去女廁所以外，你跟我李敖一樣」。對於自視甚高的李敖來說，這自然是一種盛讚，但是同時李敖也說：「陳文茜一碰到感情問題啊，就是最笨之一，哈哈！其實是所有女性的問題，女性就會為這個『情』字啊，忙到死，忙一輩子。這是女人的問題，一涉及感情女人全都不通了。」

從十幾歲的情竇初開，到二十幾歲的談婚論嫁，再到三十幾歲的風吹草動，再到四十幾歲的殷殷情懷，三兩個閨密從擠在小床上竊竊私語，到晃著紅酒杯唏嘘感嘆，愛情啊，是女人一輩子聊不完的話題。女人在感情生活中的煩惱，總是遠遠多於男人。

有多少蕙質蘭心的女人，平時做事殺伐決斷雷厲風行，可一遇到感情問題，就磨磨蹭蹭了起來，左也不行右也不是，直到把自己消耗到空空如也，折磨得心力交瘁才算罷休。

一個「情」字，似乎成了女人的軟肋，猶如高手對決時的那個「命門」，想要擊垮一個女人，戳戳那個「命門」就行了。李敖說得更狠，他將感情問題比喻成女人自毀的開關：一些優秀的女人，她們很像美國的 U-2 偵查機，它有一種自毀裝置，緊要關頭一按，飛機會爆炸，把自己毀掉。

這讓我想起小時候看過的那些諜戰電影，有些女特務在執行任務之前，會事先在衣領的鈕扣上塗上毒藥，一旦被俘，伸舌頭一舔那枚扣子，就自行了斷生命了。

那枚「鈕扣」，就像很多女人對待愛情的態度，寧願抱著與這段感情共存亡的心態去死撐，也不願意灑脫一點，一別兩寬，橋歸橋，路歸路，給自己一條生路。

—✳—

清華大學的副教授、漂亮的女作家劉瑜曾經寫過一篇文章，名字叫作〈但是不要只是因為你是女人〉，文中說道：「女人愛起來哪裡是傷風感冒，上來就是腫瘤，良性的也得開刀，惡性的就死定了。更可氣的是，她就是不愛的時候，也要把『不愛』這件事搞成一件轟轟烈烈的大事，天天捂著心口尋尋覓覓冷冷清清淒淒慘慘切切，那窩囊樣，煩死我了。」

女人對愛情的執念，往往都超乎了自己的想像。有人說這是生物學的原因，和男人相比，女人生育和撫養孩子的成本更高，所以女人對待感情更加慎重，比男人更加全身心地投入。事實上，不管是不是這個原因，一代代的女人進化到今天，真的不要再拿生小孩當藉口了。

所有的愛情，到最後無非就是兩種結局：要麼還相愛，要麼愛盡了。

對一場愛，既然有迎接的無畏，就要有送別的勇氣，「你若勇敢愛了，就要勇敢分」，就像廣東話說的「食得鹹魚抵得渴」。

成年人的生活就是這樣：

選擇，然後為自己的選擇付出代價。

一個女人最大的幸運，不是從來都沒有受過傷害，而是在傷害之中，還有能力保持一份覺知，沒昏頭，沒抓狂，沒跪求，理智面對，及時止損。

只要頭腦還清醒，無論在什麼境況下，都不會被傷得體無完膚。

劉瑜在文章中這樣吐槽沉溺於感情的女人：「如果這些女孩把她們得不到的痛苦、失去的痛苦、不得其所的痛苦統統給轉化為創造性活動中的生產力，這該是生產力多麼大的一次解放啊，這個世界又會冒出來多少女愛因斯坦、女托爾斯泰、女貝多芬、女比爾蓋茲啊。」

有人因為貧窮為自己設限，有人因為年齡為自己設限，

如果你因為性別為自己設限，

為自己的人生設置了一個天花板，那真的最不值。

「女人不是天生的，女人是變成的。」西蒙．波娃說。

在各個時代，圍繞女人的性別角色和人生價值都發生過很多爭執。正如許多人生命題一樣，「女人」究竟應該是個什麼樣的命題，只有透過我們自己的人生實踐才能進行真切的闡述。

你是個女人沒錯，可要活成什麼樣的女人，卻是自己可以選擇的。

食得鹹魚抵得渴：要吃鹹魚就要忍得住口渴，意指勇於承擔後果，敢做敢當。

才華是上天給你最貴的禮物

如果你是人群中的那個幸運兒，老天爺賞了你一份才華，你一定要領下這份情，好好地發揮它，別去聽那些「讀熱門科系好找工作」之類的陳詞濫調。

在電視上看到奶茶劉若英的一個訪談，主持人問她：「如果可以選，想做一個美女還是才女？」

劉若英笑答：「我想做個財女。」

其實，翻翻奶茶的履歷不難發現，她是一位不折不扣的才女。

唱歌，她是名副其實的「演唱會女王」，曾創下兩年舉辦五十三場巡迴演出的記錄。

演戲，她第一次主演電影《少女小漁》就拿下了亞太影展最佳女主角；和黃磊合作主演的《似水年華》更是被文青列入必看影單，讓烏鎮從此成為新的文藝朝聖地，而她自己也成了烏鎮的代言人。

寫作，光是散文集她就出版了好幾本，專欄隨筆更是寫了無數。

做編劇，她個人首次編劇的《易副官》就獲得了「萬達電影大獎」。

做導演，她憑處女作《後來的我們》一舉躋身「十億導演俱樂部」，票房達到十三億。

像劉若英這樣在各個領域都有所成就的才女，放眼整個娛樂圈都找不出幾個。

最重要的是，劉若英清楚她的興趣和才華在哪裡。她在成名前，曾在知名音樂製作人陳昇底下做了三年半的助理，當時她不但從最底層做起，而且除了工作，每天還得做些買檳榔、刷馬桶的雜活。出身富裕家庭的她本可以離開那裡，找份更好的工作，但是她知道，那裡能讓她走上更大的舞臺。

她和另一位助理輪流刷馬桶，一、三、五是劉若英負責，二、四、六則由另一位助理負責。另外一位助理的名字叫金城武。

這聽起來像電視劇劇情，卻是再真實不過的事實。

所以，在這樣一個時代，你還相信「懷才不遇」這種事嗎？

如果說上天真的會給人一些彩蛋，才華一定是最好的禮物。所以，請你一定要好好利用，千萬不要浪費。

你可能會說，哪有浪費自己才華那麼蠢的人呢？

有！真的有！

我小的時候，有一個同學很會跳舞，我覺得她天生就是個舞者，身體柔軟，身段優美，一般人練個劈腿都疼得臉紅脖子粗，可她輕輕鬆鬆就把腿壓下去了。每天做課間操的時候，她站在臺上領舞，就連枯燥的廣播體操，她做起來都好像特別有美感。

高二的時候，一所舞蹈學院到我們學校招生，全校只挑中了兩個學生，其中一個就是她。像她這樣的情況，可以以體保生的身分參加大學考試，學科的分數標準會低很多，如此一來，就能大大降低她的考試壓力，我們當時都好羨慕。照常理來說，她似乎應該順理成章地去報考舞蹈學院，盤著一絲不亂的髮髻，露著光潔的額頭，當一名美美的舞蹈演員。

可是，她父母堅持要她報考財經大學，即使她身上沒顯示出半點與金融、財經相關的天賦。結果她考試失利，什麼學校也沒考上。

現在，她是一家麻辣燙店的老闆娘。

再說說我自己。我從很小的時候就顯示出在數學方面的不足，小學、初中的時候還勉強能混個及格，上了高中以後，什麼三角函數、立體幾何簡直就成了噩夢，直到現在，壓力大的時候還會夢到被壓在桌子前考試，眼前是長長的數學考卷。

同時，在講故事方面，我卻表現出幾分小天賦。我讀過很多童話書，不僅能繪聲繪色地講出來，有時候甚至還能即興發揮，有模有樣地編一段，所以經常有孩子纏著我講故事給他們聽。

但是為了彌補數學的不足，我幾乎把所有的課餘時間都用來做習題了。同學每次看見我對著一堆數字露出一副愁眉苦臉的表情，都說很像便秘。

語文呢，我基本上是不用學的，上課隨便聽老師講講就行了。

考大學的時候，我的數學考了三十多分。看著成績單上的數字我不由得想，誰說一分耕耘就一分收穫？如果你註定是塊旱地，就算翻爛了也別想種出水稻。

音樂人高曉松曾經說過：「人生在世，根本不是你大學學什麼，將來就得做什麼，我覺得最重要的是你喜歡什麼，小時候埋在你心裡的那顆種子在什麼時候發芽。你小時候培育起來的那塊土地，它適合做什麼，有的地就適合種鮮花，你非要種玉米，那它就長不好，它就只能長出那種鮮花。這才是人生最重要的追求，你要找到自己心裡慢慢發芽的那顆種子，發現自己到底熱愛什麼。」

在你最感興趣的事情上，蘊含著人生的秘密。

而最感興趣的事情，一定是才華驅使你找到的。

我現在最後悔的事情就是在記憶力最好、精力最旺盛的年紀，拿出大量的時間去補自己的短處。如果我當時把那些時間都用在發揮自己的優勢上，培養一下自己的小天賦，今天的我會不會有所不同？

所以，當高曉松開了個歷史脫口秀，有人就問他：「你不是搞音樂的嗎？術業有專攻，你搞音樂的講什麼歷史？」高曉松就說：「對不起，說我搞音樂也不對，我在清華大學讀的是無線電專業，我是學雷達的，要非說術業有專攻，那我搞音樂也不對，我應該從事軍事工作，我應該在一個山頭上，朝著四面八方發射雷達波。」

他的意思是，根本不是你大學學什麼你將來就得做什麼，而是要把熱情和時間用在最能夠展現自己才華的事情上。他認為「祖師爺賞飯吃」的人通常就是科班出身的，只能混口飯吃，只有「老天爺賞飯吃」的才是天才。

如果你是人群中的那個幸運兒，老天爺賞了你一份才華，你一定要領下這份情，好好地發揮它，別去聽那些「讀熱門科系好找工作」之類的陳詞濫調。

抓住自己的才華，認真努力地與它做朋友，別讓它在庸常的日子裡悄悄溜走，上天不會騙你，才華也終將不會辜負你。

獨立是一條漫長艱險卻風光無限的道路

從喪失經濟獨立的那一刻開始，慢慢地，你會接連喪失情感獨立、人格獨立，直到獨立性也全面淪陷，依賴心大增，不安全感爆棚。仰人鼻息的生活，終將令你眼裡的疲憊無處可藏。

有一天逛社群網站，看見閨密大芳發了一篇貼文：「誰的人生不是在默默努力呢？」配圖是幾本攤開的書和一個筆記本。

底下留言處一片寂寥，只有我留了一個「呸」。

為什麼我要如此刻薄？因為大芳是我的朋友圈裡有名的少奶奶，老公是名副其實的高富帥，不僅人長得英俊還很會賺錢，誰都知道大芳的人生根本不用努力，她只要安安心心在家享福就行了。雖然她家沒請管家，但雇了鐘點清潔工定時上門打掃整潔、做飯。大芳每天把孩子送到幼稚園以後，有大把大把的閒暇時間，除了旅遊、購物，她的日常就是躺在沙發上看電視劇，上午三集，下午四集。

這樣的人，竟然還在社群網站上發什麼「默默努力」，這不是明擺著拉仇恨嗎？我「呸」一聲都算客氣的。其他加班狗們也都心照不宣地集體保持緘默。

一年後的某一天，大芳突然打來電話，她喜滋滋地說：「替我辦慶功宴吧，傳媒大學 MBA，我拿到手了！」

MBA：Master of Business Administration，簡稱 MBA，企業管理碩士，在商業界普遍認為，擁有 MBA 等於是晉身管理階層的一塊踏腳石。

我當時完全愣住了。

MBA？這麼厲害的詞，跟一個闊別職場好幾年，整天在家吃喝玩樂的家庭婦女能扯上關係嗎？

當天晚上，在景觀大樓的旋轉餐廳裡，我和大芳面對面地坐著，俯瞰城市的夜色，彼此都有些感慨。

落地窗外，華燈初上，城市的夜晚流光溢彩，有點奢靡的氣息。

雖然我們是閨密，幾乎無話不談，但是這幾年她生活中的隱憂，竟然藏在心裡絲毫沒透露，真應了那句話，「知我者謂我心憂，不知我者謂我何求？」

大芳說，表面上看去，她的生活光鮮亮麗，一派祥和，老公能幹，女兒乖巧，每個月有幾萬塊的零花錢自動放在口袋裡，想去哪兒玩抬腳就能走。但是，漸漸地，她感覺到什麼地方有點不對勁了。

說起來，當年她也是跟老公一起創業的，案子是她確定的，投資是她拉來的，公司的業務，她也扛下了半壁江山。後來她懷孕生孩子，時間和精力有點不夠用，就漸漸從核心業務中抽離出來，只負責一下面試、行政等雜務；再後來，老公說她同時操心公司和家裡，把自己搞得很累不說，還兩邊都照顧不好，不如回家做全職太太。自此，她就一顆心全都放在了家裡。

五年時間過去了，老公早出晚歸，辛苦工作，把自己從一個創業小青年變成了成功人士，而她也漸漸習慣了不工作的生活，把自己從老闆變成了老闆娘。

老公對她很好，閒暇時間會幫忙帶孩子，假期時也陪著出去旅遊，但還是有什麼東西發生了微妙的變化。

錢包裡一堆信用卡，想買什麼隨便刷，但每一張都是老公的副卡。她這邊買完東西，那邊老公的手機就會收到簡訊通知。

老公對她的消費情況瞭若指掌，她對老公的財務狀況卻一無所知，公司的流水收入、經營狀況等，她也一概不知道。

有一段時間，由於她對娘家的經濟支持，夫妻倆口角不斷。她發憤要自己賺點錢，這樣花起來自由，但是苦於沒有啟動資金，看好的幾個案子，因為老公不看好，拒絕出錢，最後只能不了了之。

夫妻倆終於爆發了大戰，導火線是買車。她想換輛金龜車，老公說那種車像玩具，不如買輛賓士，高貴大氣又有面子。爭執了一晚上，老公撂下一句「不買賓士就什麼都別買」，翻身睡了。

她氣得發狂，最後卻發現自己連說一句「老娘自己買」的勇氣都沒有。她就是喜歡金龜車怎麼了？因為經濟不獨立，就連審美的獨立性也要被剝奪了嗎？連買輛自己喜歡的車的話語權都沒有，何談為自己的人生做主？

她光腳下地，走到浴室，打開燈看著鏡中的自己，眼前的景象讓她有些吃驚：皮膚鬆弛，體態臃腫，精神頹廢。不過鬆懈幾年而已，人生就換了一番光景？曾經的笑傲江湖呢？曾經的意氣風發呢？曾經英姿颯爽的職場女強人，彷彿已經恍如隔世。

接下來的事情就有點像勵志故事的劇情了，大芳一聲不響地發了狠。她默默地報考了MBA，第一次筆試沒過，回家複習半年準備補考。這半年來，她把以前去逛街購物的時間、去做SPA的時間、無所事事發呆的時間……全部用來上補習班。終於，皇天不負有心人，她以超過分數標準七分的補考成績險勝。

接下來是面試。英語是她的短處，英文面試的時候五個問題她一個也沒回答準確。但是很快，她在下一個階段的面試中成功扳回一局。憑著自己的聰慧和以前的工作經驗累積，她把問題回答得頭頭是道，一位教授當場拍板說要錄取她，「回去等九月份開學吧！」給她吃了一顆定心丸。

面試結束後，她馬上報了一個英語培訓班。

一把年紀了，還這麼拚，累不累？累！當然累！

但是如果逃避了眼前的累，早晚會發現，以後會更累。

心理諮商師武志紅說，什麼都不做的人，是最累的人。

當一個人什麼都不做的時候，會慢慢與這個世界失去連結，失去能量的滋養。得不到滋養的人生，註定會枯萎、衰敗。放眼這個時代，就算你拚命跑，也可能只是保持站在原地而已，一旦停下腳步，很快就會被甩到千里之外！所以，每當工作太多累得想哭的時候，我就會想起閨密說的那句話，「誰的人生不是在默默努力呢？」

身邊的榜樣強過遠處的楷模。

大芳考上MBA以後，還沒開學，已經參加了幾次同學聚會，大家成立了群組，每次有活動都會叫她一起。看著她在社群網站上發的一群人穿著運動服在公園跑步的合影，我又忍不住諷刺：「得意個什麼勁，你們這是傳媒大學，還是體育大學啊？」

不管怎麼說，她的生活開啟了新篇章，精彩的還在後頭。

—✳—

以前聽到過一句話：做女人比做男人好，進可攻，退可守。

這句話讓人不由得想笑：退，你能退到哪兒去？基本上，從你放棄努力、放棄獨立的那一刻開始，就已經種下隱患了。

娛樂圈中曾經有一段很特別的婚姻。三十六歲的著名音樂才子，喜歡上了十七歲的女孩。女孩在十九歲那年嫁給才子，並生下一個女兒。

談及十九歲的年齡差，才子曾經說過一段很出名的話：「她跟我在一起的時候還很年輕，甚至還沒進入社會，所以她的基本世界觀都是我塑造的。相比之下，找一個年齡比較大的、被周圍圈子的人塑造出來後你再去改變的妻子，後者多累人啊，而且更容易產生分歧。我老婆對這個世界的看法，甚至聽什麼音樂、看什麼電影，都是受我影響的，所以我們大部分的想法都很一致，我覺得這樣很幸福。」

當大家都在為這段感情紛紛叫好並樂見其成地送上祝福的時候，看到這段話，我卻感到後背發涼。如果一個人被塑造成注滿別人思想的人偶，那麼她自己又在哪裡？這種完全失去自我的生活，豈不是岌岌可危嗎？

果然，六年後，才子提出離婚，理由是「和她在一起生活我感到不快樂，我想要更多的自由和創作空間」。

離婚一年後，回顧當時的感受，女孩在社群網站上寫著：「一切猝不及防，我像從童話世界被忽然扔進傾盆大雨中，渾身濕透。」

她承認，她和女兒的溫室堡壘坍塌了。

俗話說，女子本弱，為母則剛。經歷過失婚的痛苦以後，她終於醒悟：「我難道不能憑自己的能力給女兒一個更好的生活嗎，為什麼一定要做別人的附庸？」

好在一切還都不算晚，她才二十五歲。她找了合夥人，註冊了公司，開創了自己的服裝品牌，咬著牙，卯盡全力，重打鑼鼓重開張。

在最冷的季節，她把自己裹成粽子，去服裝布料市場和攤販老闆討價還價。玫瑰色的幻想破滅之後，如浴火重生般，她對生活的理解突然提升了一個境界：「我在路上塞車，接打無數電話，忽然想起以往睡到日上三竿拎著包逛街的慵懶時光，已經如此遙遠。當我真正直接面對生活的沉重、繁忙，反而活得更加充盈和開闊……以前的我總在尋找別人為自己營造的安全感，後來才明白誰也不能一直給你安全感，只有自己是自己最堅強的後盾。離開以前所認為的全世界，真正的全世界才會活生生地呈現在你眼前。」

除了你自己，沒有誰是你的全世界。

如果你認為一個人或者一個家是你的全世界，
那我只能說，你的全世界有點小。

女人常犯的錯誤是，總以為自己可以躲在誰的身後享受歲月靜好，一回頭才發現，自己的雙腳已經站在懸崖邊。從喪失經濟獨立的那一刻開始，慢慢地，會接連喪失情感獨立、人格獨立，直到獨立性也全面淪陷，依賴心大增，不安全感爆棚。仰人鼻息的生活，終將令眼裡的疲憊無處可藏。

有位直男曾經頗為不屑地對我說：「男人喜歡開拓進取，女人喜歡不勞而獲。」先不說這句話是不是過於偏激，相較於女人，男人確實很少有依附於他人的想法，他們早早地把自己定義為一枚過河卒子，不斷拚命向前，活得清醒、奮進。

西蒙．波娃說：「男人的極大幸運在於，他，不論在成年還是在小時候，必須踏上一條極為艱苦的道路，不過這又是一條最可靠的道路；女人的不幸則在於被幾乎不可抗拒的誘惑包圍著；她不是被要求奮發向上，而是聽說只要滑下去，就可以達到極樂的天堂。當她發覺自己被海市蜃樓愚弄時，已為時太晚；她的力量在失敗的冒險中已被耗盡。」

跟在別人身後走路，眼前只有別人的背影，
只有自己用腳步丈量前路，一路披荊斬棘，升級打怪，
才能看到更開闊的風景，
這個過程固然漫長艱險，但也風光無限。

人生，路漫漫其修遠，獨立才是一條最可靠的路。
希望我們都能摒棄那些看起來很美的幻想，早早走上一條最可靠的路。

淡定是最好的優雅

現代人有太多的壓力和競爭，有太多的欲望和掙扎，習慣把簡單的事情複雜化，難得放鬆，也因此錯失了優雅。

川菜中有一道叫「開水白菜」的名菜，一改川菜的麻辣風格，香味濃醇卻清香爽口，從清朝的御膳房走出來，後來又被端上了國宴。

做這樣一道菜，得用多少種食材呢？

大白菜十公斤（每棵只用極嫩的菜心部分）、老母雞、火腿蹄子、排骨、干貝、去皮精瘦雞胸肉、精瘦豬肉等。

先把老母雞、火腿蹄子、排骨等放到鍋裡小火慢熬，熬足了火候之後，把浮油撇淨，把所有食材撈出來放置一邊，只留清湯，然後把瘦肉切成肉蓉倒入攪勻，熬一定火候，用小漏勺把肉蓉撈走另行裝置，此時湯色清新，明澈如水。

用一根細銀針，在白菜心上反覆穿刺，放在漏勺中，用高湯自上而下淋澆，直至白菜心燙熟，下鹽調味，這道菜才算完工了。

你看，一碗清鮮淡雅且回味無窮的湯，得用多少東西來煲？

人也一樣，一個淡雅的女子，得用多少歲月來煲？得受多少小火慢燉、大火收汁的煎熬，從世俗油膩和煙熏火燎中衝出來，取精華，去糟粕，才能脫胎換骨？一顆柔軟的心，就像被針刺一樣痛過多少次，才能坦然面對世事百態？

我有一位年齡三十有餘的女性朋友，我們認識快十年了。

遙想十年前的她，臉上有點嬰兒肥，髮型是清湯掛麵的長直髮，衣著品味馬馬虎虎，說話還帶著一點地方口音。最重要的是，她的脾氣特別火爆，不止一次在辦公室裡摔過資料夾，相比現在這個優雅淡定的女子，簡直判若兩人。

她發脾氣的原因有時簡單到令人瞠目，她要求所有人都必須遵守她的時間表，如果她是個老闆或主管也就罷了，偏偏只是個小小的圖書編輯。一本書的出版需要經過複雜的流程，從企劃、撰稿、審編、排版、印刷到發行，幾乎每個階段都需要編輯與不同的人打交道，協調各種問題，每個階段都有可能出現不確定因素，每個人都需要處理自己分內的工作，不可能隨時無條件地配合她。因此，由於她的強勢，她一時間成了辦公室的「咆哮女郎」，誰都不願意與她合作。

在二十五歲那年，她經歷了一個很大的挫折，因為出言不遜，得罪了圈內一位大神級人物，幾乎被出版圈封殺，到處找不到工作，只好無奈轉了行，憑著外語好的優勢到外商公司上班。

栽了跟頭，吃了苦頭，她開始學著說話、做事三思而後行。本來就是半路入行，資淺望輕，不懂的東西太多，所以只能虛心學習、玩命幹活，才能勉強立足。憑著她為人低調、業務精良、玲瓏剔透的處事風格，幾年後才終於被提拔。

她一點點褪掉青澀，慢慢地沉澱下來，眼神中開始有一些大氣的東西，笑容也有了雲淡風輕的意味。

她的人生開始一步步重新啟動，旅遊、充電、買房投資，腳步愈發沉穩，人生愈發妥貼。

十年過去，她容顏未改，青春依舊，心智卻大大成熟，氣質也與之前迥然不同。如今的她活得風生水起，儼然是一位獨立自主、品味不俗的都市俏女郎了，不知要甩當年那個傻白甜多少條街。

你看，與其說她運氣好遇到貴人，不如說是經過多年的歷練，她漸漸提升了情商，個人的形象氣質也越來越好，所以才能更容易地獲得機會。

在外人看來，她是因為吃了虧學乖了，所以才有了今天的圓融。其實，一起聊天的時候，她說起這十年最大的成長，並不是懂得了人情世故，而是學會了淡定。

二十歲出頭的時候，她對自己的要求很多、很高，要求自己五子登科，十項全能，做事一定要贏，考試一定要過，任何事都只許成功，不許失敗。

從心理學上說，這其實是一種不合理的絕對化要求。不但「心想」，而且必須「事成」，把「希望」、「想要」絕對化成「必須」、「一定要」。

世界上的任何事情都猶如硬幣的兩面，存在正、反兩個結果，憑什麼你就只能贏不能輸，是被戰神雅典娜附身了嗎？

王小波說：「人的一切痛苦，本質上都是對自己無能的憤怒。」

終日沉浸在對自己無能的譴責和憤怒中，不讓她的情緒變壞才怪呢。

她沒有意識到自己對生活的理解出現了偏差，所以動不動就失控。然而，如果不解決這個本質問題，上多少情緒管理課，參加多少氣質培訓班，都無濟於事。

直到她栽了一個大跟頭，重重跌到谷底，才以沉重的代價換來一個道理：每個人都希望變得優秀，每個人都希望加速成長，但成長是有進度的，所謂「欲速則不達」，急不得，也強求不得。

心態一旦放鬆下來，人就從容了，不再緊盯著目標，一路氣喘吁吁急急地奔向結果跑，而是把沿途每個環節都做好、做到位，細心揣摩，認真領略，盡量做到在每個階段都有收穫。假以時日，反而每件事都做得很好，不但觸底反彈，氣質也自然而然地變得沉靜、優雅。

淡定是一種生活態度，淡定了之後，得失心就沒有那麼重，不會覺得什麼東西是勢在必得的，也不會有什麼東西是絕對不能失去的。

不必盡如人意，但求無愧於心。只要過程盡力了，不過分在意結果，生活自然也就不會再有患得患失的糾結。

我曾經為她拍過一張照片，她非常喜歡，沖洗出來掛在臥室。

那天午後，透明的陽光流淌在原色的木地板上，她身著一件寬大的白色棉布襯衫，手裡捧著一本書，慵懶地躺在落地玻璃窗前，身邊放著一杯晶瑩剔透的紅茶……

我坐在沙發上聽音樂，不經意一轉頭，被眼前這個場景感動了。她看起來那麼迷人，優雅的氣質就像室內的音樂一樣，絲絲縷縷地釋放出來。

這一刻，彷彿世上的憂苦、煩惱都與這女子無關。她那麼沉醉地享受著自己靜謐悠閒的時光，讓人不忍打擾，但我還是忍不住按下了快門。

這幾年，我幾乎沒再見過她急紅臉的樣子，她似乎生出一種對麻煩淡然處之的本領。這並不是說她的生活比別人都順遂，她當然有她的煩惱，天寒地熱，人情冷暖，柴米油鹽，她都一一領教過。有一天樓上的鄰居家裡漏水，將她剛裝修不久的房子毀得不輕，她只好請假在家拆了地板曬地，而肇事者只忙著和物業公司踢皮球，賠償金遲遲沒有下文。我看她整天忙裡忙外，並無半點慍色，忍不住問她：「妳不煩嗎？」她說：「呃，當然煩了，但是煩不煩都得面對，何不優雅一點呢？」

老話說：「猝然臨之而不驚，無故加之而不怒。」在優雅這件事上，她真的算是修成正果了，我自嘆弗如。

一個人的幸福指數，不與能力強弱、賺錢多少成正比，而是與心態息息相關。

—✳—

每個人都有過優雅生活的能力，能不能優雅，是自我意願的選擇。

現代人有太多的壓力和競爭，有太多的欲望和掙扎，習慣把簡單的事情複雜化，難得放鬆，也因此錯失了優雅。

要擁有優雅的姿態，首先要學會放鬆下來，把生活中無用的細枝末節盡量剔除，簡單地生活。一個人無論選擇什麼樣的生活，只要沒有抗拒、糾結，就能安然享受一份平靜。目標越單純，雜念越少，生活就越幸福。

真到了「寵辱不驚，閒看庭前花開花落；去留無意，漫隨天外雲卷雲舒」的境界，內心也就有了自己小小的桃花源，用心去感受四季輪迴、花開花謝，真的就是一份很不錯的日子了。

不要懼怕變得強大

面對困難，通常只有兩種選擇，要麼迎著上，要麼繞著走，但是困難不會因為繞行而自動消失。人生沒有什麼捷徑，以前偷的懶，以後可能要花數倍的時間和精力來彌補，還不一定補得上。

同事小雅是一個不會開車的「老司機」，駕照拿到手已經六年了，放在身上唯一的作用就是在忘記帶身分證的時候，證明一下她的身分。

其實小雅的駕駛技術不差，在駕訓班的時候她勤學苦練，無論筆試、路考，全都是一次通過。陪練也請了好幾位，可是在路上繞圈練了好幾個月，就是不敢獨自上路。陪練在旁邊的時候開得好著呢，身邊一沒人馬上就不知所措了。方向燈也不知道該怎麼打了，煞車在哪兒也找不到了。

網路上說女性駕駛經常容易把煞車當油門，還真不是憑空捏造。新聞網站三不五時就有這樣的報導出現，說女性駕駛分不清煞車和油門，把車直接開進商場，將價值百萬的觀光電梯撞得一地玻璃碎片。

其實女生開車有自己的優勢，女性的視野天生就有一百八十度，比男人寬五倍，開車的時候更容易發現兩側的突發情況，而且女人開車更細心、更謹慎。大多數女性駕駛之所以狀況頻出，都是輸在心理建設上。

比如小雅，她天生就對開車有種畏懼，網路上對女生開車的妖魔化更是加深了她的恐懼。

「畏難」這個心理啊，可真是學習任何技能的障礙物。時間拖得越久，小雅就越不想開車了，終於有一天，她找到一個理由，澈底讓自己解脫了。

「我想好了，我這個『駕駛障礙症』是治不好了，這輩子就讓老公當我的司機吧！」她一邊往嘴裡塞著條一邊對我說，「而且現在網路叫車這麼方便，真的沒有非得自己開車的必要了。」

「如果從只是要出門的角度來說呢，真沒必要非得自己開車，」另一個女同事璐璐插嘴，「但是妳要知道，坐在駕駛位和副駕駛的感覺，是完全不同的。」

小雅不置可否。

幾個月後的一天，早上上班，我拿著一杯豆漿正往辦公大樓裡走，突然看見一輛薑黃色的時尚小轎車緩緩停進公司的車位，從車裡走出來的女駕駛，正是小雅。

我這一驚可真是非同小可，她那個莫名其妙的「駕駛障礙症」什麼時候好的？

我忙不迭地詢問她到底怎麼回事。原來一個月以前，有天晚上她孩子突然發高燒，老公出差不在家，外面又下著雨，她和公公婆婆三個人抱著孩子心急如焚地在路邊想要叫車，可滂沱大雨中根本就沒有計程車，網路叫車也遲遲無人接單，打電話給親戚朋友尋求支援，最近的趕過來也差不多要一個小時。

看著孩子在懷裡難受得像缺氧的小魚一樣大張著嘴，嘴唇都乾燥得起皮了，想想停在自家車位上的車，小雅心一横，就把一家老小塞進了車裡。她把頭埋在方向盤上，深呼吸了幾次，然後抬頭挺胸，發動引擎，車緩緩地駛進了雨霧。

沒撞車也沒翻車，她在高速公路上一路迎風沐雨，安全地把孩子送到了醫院。

就這樣，路況惡劣、夜間行車、高速公路，新手上路的三大難關，被她一次攻破了。

沒有足夠的心理準備，當時的情況也不允許討價還價，當她集中所有精力專注開車的時候，發現也沒有那麼難。

「確實，開車和坐車是兩種截然不同的感覺。黃昏的時候，每當我開車在高架橋上緩緩駛過，就覺得可以從一個新的視角去看這個城市。真的，感覺以前虛度了好多時光，就因為自己嚇自己，錯失了好多精彩的體驗。只有方向盤握在自己手裡，才會明白什麼叫駕馭，其實生活中很多事都是這樣。」小雅一臉憫然。

我忍不住打趣她：「怎麼開個車還開出悲壯來了？」

其實我明白小雅的意思。

原本不敢迎接挑戰，是因為害怕那個過程會讓自己難受，但是沒想到，錯失美好的生活才是最痛苦的。
恐懼這東西，與其被它奴役，不如做它的主人。

—✳—

蔡康永曾經說過，「十五歲覺得游泳難，放棄游泳，到十八歲遇到一個你喜歡的人約你去游泳，你只好說『我不會耶』。十八歲覺得英文難，放棄英文，二十八歲出現一個很棒但要會英文的工作，你只好說『我不會耶』。」

面對困難，通常只有兩種選擇，要麼迎著上，要麼繞著走，但是困難不會因為繞行而自動消失。人生沒有什麼捷徑，以前偷的懶，以後可能要花數倍的時間和精力來彌補，還不一定補得上。只有迎上去，才可能戰勝它，並讓自己變得日益強大。

我在作家王朔的文章裡，看到過這樣一段話：「經常就有人語重心長地對我說：『你沒有金剛鑽，就別攬瓷器活了。』通常我都是微微一笑，心想：你怎麼知道我有沒有金剛鑽呢？『金剛鑽』只是個比喻，比喻能力，但能力不像運動員的比賽成績那麼清晰明確，很難量化，很多時候是說你行你就行，說你不行，行也不行。所以到底行不行還是要自己心裡有譜，如果自己也沒譜，那就先去做，做了以後你才能真正知道自己究竟有沒有『金剛鑽』。」

很多人缺的不是能力，而是這種自我肯定的態度。他們因為缺乏自信而畏懼，所以永遠不會擁有自己的「金剛鑽」，自然也永遠做不了瓷器活兒。

這個時代就是酸民特別多，可能有人非要抬槓，說：「我就是不想要什麼金剛鑽，也不想體驗什麼精彩絕倫的生活，更不想像闖關一樣不停地去挑戰自己，讓自己活得太累，做人何必非要為難自己呢，平平淡淡也很好。」

不是有句話嗎？如果你覺得生活輕鬆，一定是有人替你負重前行。果真如此，恭喜你，你真的很幸運，但願這份幸運能長伴你一生。

在我寫下這些文字的時候，手機裡彈出一條新聞。

一個剛生完孩子五個月的二寶媽媽，因為兒子從床上掉下來，被老公呵斥：「也不用上班，連帶個孩子都帶不好。」婆婆也跟著過來訓斥。在與丈夫對打之後，她從五樓陽臺一躍而下。

討論區裡很多網友為她感到悲傷和不平。有人說，她雖然不上班，但是她每天帶孩子、做飯、做家務一樣很辛苦。還有人說，女人本來就為兒女、為家庭付出得更多，還要受到丈夫的冷遇，這對女人根本就不公平。

說得對！可是，這個世界從來都是不公平的！

我對這位母親報以深刻的同情，相信造成她跳樓身亡的這次夫妻間的爭執，不過是壓垮駱駝的最後一根草。一個人喪失了生的意志，大多是長久以來的生活出現了嚴重的問題。被生活逼瘋的時候，真的可能每天都想跳樓。

一個人被某件事長期困擾，或者深陷在消極的狀態中出不來，大多都是一些小事引發的蝴蝶效應。

有些人在年輕的時候，輕巧地繞過了太多困難，最後它們統統集合到眼前，堆積成了一座難以逾越的山。

話又說回來，連死都不怕，怎麼反而怕出去工作賺錢，過自主一點的人生呢？

我認識的很多朋友，都是左手帶孩子右手工作，有的一邊帶孩子一邊寫書，有的一邊帶孩子一邊做自媒體，有的一邊帶孩子一邊開店，當然很苦很累，也有崩潰大哭的時候，但是，就像你無法讓男人和女人各懷孕五個月一樣，你也沒有辦法向這個世界伸手索要公平。

有的人雖然日子過得苦一點、難一點，但是生活的方向盤始終握在自己手裡，難關總會過去。有的人怕苦怕累怕麻煩，最後卻過上又苦又累又麻煩的生活。

說到底，強大的人都是有選擇的人。懼怕困難，懼怕變得強大，就很容易把自己逼到只有一個選項的人生死角。當你別無選擇的時候，除了夾著尾巴做人還有別的辦法嗎？

你要不斷地為自己積累「金剛鑽」，這才是讓你漸漸變得從容、強大的資本。當你有了資本，就不必總是看別人臉色行事；當你有了資本，就可以有底氣地對不合理和不喜歡的事情說「老娘不跟你玩了」。

生而為人，讓自己活得更好、更有尊嚴，是每個人對自己應負的責任。你一路奮進，殺將過來，每個人都看得出，你一天比一天優秀，一天比一天強大，而未來的你必然又勝過今天的你。

這樣的人，總會得到喝采和支持！

最後，請記住南非總統曼德拉的話吧：「我們最深的恐懼不是我們自己的不足，我們最深的恐懼是我們強大到無法衡量。正是我們的光亮，而不是我們的黑暗，讓我們恐懼。我們問自己：我憑什麼是耀眼的、動人的、不可思議的？事實上，你憑什麼不是？」

你可以優雅地跟他人劃清界線

面對別人的越界，你明明覺得很壓抑、很不滿，覺得自己被干擾了，但是說一個「不」字比忍耐這些更難。

曉丹結婚以後，住在夫家提供的房子裡。這房子原本是曉丹公公的宿舍，裡面住的都是公公的老同事、老鄰居，大家認識了半輩子，誰家什麼情況都知道個八九不離十，也就是所謂的「知根知底」。

一開始曉丹還挺知足的，在寸土寸金的大都市，不用當房奴就能有一間現成的婚房真是省心，雖說房子老了點、舊了點，但裝修一下也蠻好的，就不要太挑剔了。可是很快，曉丹就體會到了老房子的缺點。這棟樓一直是父一代子一代地住著，曉丹搬來不久就發現，雖然她誰也不認識，但是鄰居們都認識她，全會知道她是「老劉的兒媳婦」。她每天出來進去，社區門口坐著聊天的阿姨們，都要集體對她行注目禮。有時候她被看得發毛，尷尬地笑笑，目光虛無地在眾阿姨臉上掃一圈，也不知道在看誰，馬上就有人跟她搭話：「你公公婆婆最近沒來玩啊，有空跟他們說，多回來走動走動。」再後來，曉丹受不了這種注目禮，一走到門口就把手機掏出來，假裝專心致志地看新聞。

結婚之前，曉丹住在公司附近租來的公寓大廈裡，鄰居之間基本上沒什麼往來，即使對門住著，至多也就是碰見了彼此點個頭，絕對不會允許鄰居把觸角伸到自己的生活裡來。

關於公寓大廈的生活，張愛玲很早之前就這樣寫過：「公寓是最合理想的逃世的地方。厭倦了大都會的人們往往記掛著和平幽靜的鄉村，心心念念盼望著有一天能夠告老歸田，養蜂種菜，享點清福。殊不知在鄉下多買半斤臘肉便要引起許多閒言閒語，而在公寓房子的最上層你就是站在窗前換衣服也不妨事！」

確實，公寓大廈的每一間屋都是一個獨立的小世界。曉丹就曾站在落地窗前慢條斯理地換過衣服，看著對面大廈通明的燈火，明知道每扇窗後面都有人，但他們都看不見你，這給人一種奇妙的安全感。

可是，曉丹繼續懷著這種公寓大廈的心態住在人情充沛的「多買半斤臘肉便要引起許多閒言閒語」的老舊社區裡，自然會感覺到彆扭。只要她一回來，家門就會被敲響兩三次，有人要來看她的婚紗照，有人找她借東西，有人問她要不要買便宜的大白菜，有人通知她晚上停水……

當然，如果僅僅是這樣，曉丹也就忍了，很多事情往往還有「但是」。結婚半年後，曉丹的老公要出差，時間很長，整整一個月。某個週末，曉丹手頭有急件工作，正在家加班，電腦卻好巧不巧突然罷工了。曉丹弄了半天弄不好，就打電話給一家電腦維修公司，請他們派人來修理。來的是個帥哥，開了一輛白色的 SUV，呼啦停在曉丹家窗下，立刻吸引了一圈目光。二十分鐘後，有人敲門，探進頭來左看右看，說帥哥的車占了他家車位。剛好帥哥已經修好了電腦，就急忙開車走了。

一個月後，曉丹老公回來了，小別勝新婚，兩人本該好好溫存一把，他卻滿臉不高興。憋了一晚上，他終於忍不住問曉丹：「我不在的時候，誰來過家裡？」曉丹愕然，斬釘截鐵地說：「沒人。」老公拋出鐵證：「一個男的，一百七八十公分左右，開輛白車，車牌號碼是×××……這人是誰？」曉丹想了好幾分鐘，才把修電腦這回事想起來，就把來龍去脈跟老公說。但老公不信：「修電腦的？只是修個電腦為什麼還要用洗手間？」

修電腦的人用過洗手間嗎？曉丹實在想不起來了，但老公對自己的質疑讓她登時火冒三丈，這不是明擺著羞辱她不忠嗎？老公卻還不依不饒，繼續盤問：「我不在的時候，你每天晚上都拎著箱子出去，很晚才回來，頭髮濕淋淋的，你去做什麼了？」

「我去做什麼了？去游泳了！」曉丹委屈萬分，「是誰在亂嚼舌根，趕快告訴我。」

「告訴妳幹嘛？」

「找他對質！」

「全院子的人都在說，你找誰對質？住在這就不能胡作非為，不然，口水都能淹死人。」

原來，電腦維修工程師一走，眾阿姨們就把閒話傳到了曉丹的公婆耳中，再將她平時的種種「劣跡」添油加醋一番，說得很是熱鬧。雖然公婆在外人面前力挺曉丹，但還是第一時間把這些話告訴了兒子。

口水淹不死人，但是口水能噁心死人。

曉丹覺得像吃了一萬隻蒼蠅那麼噁心。為此，小倆口吵了一夜。曉丹覺得相戀三年、結婚半年的老公非常陌生，她甚至開始懷疑自己看人的眼光。天快亮的時候，疲憊的曉丹給老公下了最後通牒：要麼搬家，要麼離婚！

生活中，像曉丹這樣躺著也中槍的人比比皆是。捫心自問，你祖宗八代都沒得罪過那群三姑六婆，但是她們像臥底、間諜一樣無處不在，監視你、揣測你、分析你，最後拋出一堆流言蜚語，把你拉進口水戰的暴風漩渦。

人與人交往，要有「界線意識」，要清楚明確地知道並守住自己與他人的界線。一個明智而理性的人，絕對不會在未經主人允許的情況下跑到人家臥室裡去參觀，也絕不會輕易把手伸到別人的私生活裡去攪和。

然而有些人，卻不懂得人際交往中的界線，不僅喜歡在別人背後指指點點，還要到別人的家人面前搬弄是非，這是一種嚴重的過界。

對這種界線感弱的人，一定要單方面地與他們劃清界線，姿態可以優雅，態度一定要堅決。千萬不要給他們任何影響自己生活的機會，否則他們很可能會得隴望蜀，為你帶來更大的困擾。

第二天曉丹下班，看見一群阿姨依然聚在社區門口，曉丹笑著走過去跟她們打招呼，阿姨們覺得奇怪，紛紛邀請她停下來聊一會兒。這時，曉丹從包裡拿出幾件漂亮的T恤送給她們，說是公司辦活動的贈品，每件T恤上都印著一個「默」字，曉丹還送了她們幾句話：「阿姨啊，我這個人不會說話，也不擅長交際，所以也不太喜歡互相串門子，沒辦法啊，泥人也有個土性，天生的脾氣改不了。不過話少有話少的好處，人家都說沉默是金，話說多了會影響人家的生活，還有可能會犯誹謗罪，你們說有道理嗎？」

老公正好回來，也聽見了，一進家門，就問曉丹：「你就不怕得罪人？」曉丹說：「我沒在家門上貼『鄰居與狗，不能入內』已經很客氣了。」

後來，鄰居們就不再打探曉丹的私事了，大家見面打個招呼問聲好，點頭之交挺好的。

我有一個表姐，三十多歲了還沒結婚。在當今社會，三十多歲不結婚也不算什麼新鮮事，但是你如果恰巧在生活中認識這樣一個人，又常常有機會觀摩周遭的三姑六婆對她的私生活無微不至的「關心」和明目張膽的摻和，還是會暗暗感到心驚的。

大年初一的家庭聚會上，所有人對她的祝詞都是：祝妳早日找到如意郎君。酒過三巡，話題還在她身上打轉。一個長輩說：「妳明年無論如何也得兩個人回來，要是再一個人就別回來了。」表姐說：「也許還是三個人呢？」

三個人，什麼意思？大家都不明白。

表姐開玩笑說：「也許肚子裡還裝著一個呢，省得到時候你們催婚完了又催生。」說完，扔下一桌子瞠目結舌的人，跑到另一個房間裡哭了。可見，她這幾天承受著多麼巨大的心理壓力。

據說大齡未婚最怕的事情就是回家過年，三姑六婆追著問東問西，不死也是殘廢。

其實三姑六婆們明知道人家想不想結婚、什麼時候結婚她們管不了，但就是忍不住打聽一番再巴拉巴拉地說教一番，也不知道是閒還是嘴賤。這種人不厭其煩地打探和干涉別人的生活不說，往往還喜歡自作聰明地去「修正」別人的人生觀，最後還替自己找一個正大光明的理由：「為你好！光我自己過得好還不行，還得操心你過得好不好，畢竟大家好，才是真的好嘛！」殊不知，做這些費力不討好的事，別人根本不會領情，只會招人討厭。

因此，春節回家，租男友也罷，租女友也罷，都不如大大方方地告訴他們：這是我的私事，我自己會處理，現在不太想談。

—✳—

我們如何在人群中保持生活方式的自由？就是要學會優雅地與他人劃清邊界。保持邊界感是人際關係中最高貴的品質。對他人，我們不踰矩、不越界，同時也要保護自己不被侵犯。

許多人的邊界模糊，就是因為不會拒絕。拒絕別人，尤其是我們所愛的人，是我們不願意看到的局面，比如對父母說「結不結婚是我的事，你們不要干涉」之類的話，多多少少會讓人產生傷害了關心自己的父母的罪惡感，儘管你明知道他們對你的干涉並不合理。面對別人的越界，你明明覺得很壓抑、很不滿，覺得自己被干擾了，但是說一個「不」字比忍耐這些更難。

可是，忍的時間越久，界線越模糊，想要改變就越難，別人就越會毫無負擔地侵入你的領地。要打破這樣的惡性循環，必須先給自己說「不」的勇氣，再難也要說出第一次，之後的路就會好走很多。

香奈兒說，優雅是懂得拒絕。

學會拒絕是對自己的一種尊重，劃清界線是自在生活的保障。優雅地確立自己的邊界，生活才能變得更加優雅。

你的隨和，並不是沒有原則

高情商不是強自隱忍，不是一味遷就，更不是去構建一個被人喜歡的人設，而是幫助一個人在人際關係中獲得最自由、最和諧的狀態，說白了就是讓自己活得更明白、更通透。

幾年前，我的一個女性朋友桃子結婚了，沒房、沒車、沒存款、沒鑽戒、沒婚禮，什麼都沒有，然而她依然大義凜然地奔進了「裸婚大軍」的隊伍裡。

其實，他們倆裸婚也是無奈之舉。因為結婚前夕她才知道男友把自己的積蓄全都借給了哥哥，因為哥哥要買房。

在桃子結婚一個月後，老公的哥哥搬進了新房，隨即買了一輛進口車。桃子一看，這剛買了房又買了車，還世界各地去旅遊，根本不是缺錢的人啊。眼看房價像坐電梯一樣咻地直往上升，桃子開始心慌，催老公：找機會問問你哥，多少還點錢吧，我們也得趕快買房。

這一問，哥哥馬上就不高興了。

隨後就是春節，哥哥一家三口去國外度假，桃子跟老公在家吵翻天。婆婆自然知道是為了什麼，連忙跑來調停，把兄弟倆從小到大手足情深的故事逐一講了一遍，又對桃子進行了一番家和萬事興的傳統文化教育，核心意思只有一個：你哥沒有錢，他的車是公司配的（當然是撒謊），欠你們的錢暫時就不要追討了。

看著婆婆這麼苦口婆心地勸導，桃子雖然心裡十分不滿，但嘴上還是答應了婆婆可以暫時緩一緩。

後來，老公的哥哥又借過幾次錢，被拒絕後就不再與弟弟來往，關係鬧得很僵。桃子在婆婆的逼迫下，前往哥哥家登門示好多次，賠笑道歉數回，始終無果。

說到這裡，大家肯定都以為這女生要麼特別懦弱，要麼智商沒上線。

其實兩者都不是。

原生家庭形成的討好型人格及父母從小灌輸的隨和、包容的教育，聯手害死了桃子。

桃子這樣的人，在別人觸及自己原則和底線的時候，明明心裡已經很不高興了，但就是不表現出來，這就導致人際關係出現界線不清的問題。隨和、包容，如果是在好人堆裡，自然沒有問題，如果遇到惡人，就會被逼到死角。

就拿桃子來說，她的願望當然是好的，希望一家人和和睦睦，少生是非。所謂「天下大同，四海之內皆兄弟」，與陌生人交往都盡量做到情同手足了，何況自己的親兄弟呢？更應該親密無間才是。然而，理想很豐滿，現實卻很骨感。千人千面，一千個人可能會有一千種性格，怎麼能忽略人性的缺點和弱點呢？

當你總是容忍別人一再地越過自己的界線時，便不是隨和，而是軟弱。

後來，老公的爺爺覺得自己年歲已大，想把名下的一間房子分給兒孫們。

公婆跟大家談，提出了自己的分房方案：桃子夫婦放棄繼承，全分給哥哥，公婆現住的這間房將來分給桃子他們。兄弟倆一人一間，不偏不倚。

呵呵！這兩間房，一間在蛋黃區，一間在蛋白區，價格相差不止五倍，真不知道公婆的不偏不倚是打哪來的。

沒想到，還沒等桃子夫婦說什麼，爺爺第一個就不同意這個方案，於是分房子的事就暫時擱下了。眼看即將到手的房子就這麼飛了，哥哥一怒，把父母的醫療費、生活費等負擔全都丟給弟弟，還把自己的孩子放在父母家撫養。如此，一年多的時間裡，桃子夫婦不但要贍養公婆，還要幫哥哥養孩子。

一個週末，桃子去婆婆家，不知為何門虛掩著，桃子就直接推門進去了，然後在玄關換鞋。婆婆正和一個老鄰居在客廳聊天，沒聽見她進來，話題還在繼續。

鄰居說：「你們家現在這情況，就不怕小兒子兩口子造反？」

婆婆嘆口氣：「我又何嘗不知道小兒子壓力大，但真的沒辦法啊，大兒子脾氣不好，大媳婦更像是個沖天炮，一點就著，跟那兩人說不通，再說，萬一把大媳婦惹毛了要離婚，孫子怎麼辦？小兒子老實，小兒媳婦也好哄，有時候她心裡不開心，我就假裝不知道，反正打死她也不敢說出來。」

這番話，聽得桃子的心都涼了。

這些年，婆婆給她最不好的感覺就是，在這個家，桃子從未受到過尊重，婆婆處理任何事情，基本上都不考慮她的感受。

「濫好人」容易遭遇的困境：被忽略，被無視。

捏一捏你也無所謂，反正你是個軟柿子，

別人我也擺不平，只能讓你吃點虧。

這段婆媳關係，桃子真的覺得自己經營得很失敗。

如果婆婆真的是那種惡婆婆，也就無所謂了，但是她一直是很溫柔、很賢慧的樣子，文文靜靜的，說話都沒有大聲過，為了兒女一生鞠躬盡瘁。一度，桃子甚至覺得婆婆比親媽還親，她加班熬夜的時候婆婆起床幫她做宵夜，有一次婆婆還說：「看到妳天天熬夜，這麼辛苦，我真的很心疼。」然後一邊說，一邊紅了眼圈，用袖子抹掉眼淚。

可是，桃子卻漸漸發現，婆婆為人處世有雙重標準，一旦遇到與大兒子有關的事，婆婆根本不考慮別人的難處，尤其是要錢，絕不手軟。

「你哥哥沒錢」、「你哥哥貸款幾千萬，利息都還不了」、「你哥哥今年的生意又賠了」、「你哥哥都快沒飯吃了」……婆婆向他們要錢的說辭花樣百出，而且金額越來越大。桃子被重塑了三觀，開始質疑自己用了半輩子的做人準則。

生活，用一個又一個坑告訴你：你以為隨和、大度能感動所有人？別做夢了！你以為你是誰？

—✳—

其實仔細想想，我很理解桃子婆婆的做法。作為婆婆，一則偏愛大兒子，暫且放下不提；二則她希望家庭和諧，起碼表面和諧，大兒子夫婦不好說話，小兒子夫婦好說話，勸一勸壓一壓，總能平息事態。

就像在生活中遇到兩個人打架，我們是不是也相對願意去勸那個性格隨和的，不願意去招惹脾氣暴躁的？

因為好說話，桃子在婆家「被和諧」了十年。

可是婆婆嘗到了如此制衡的甜頭，卻忘了一個樸素的真理：兔子急了也咬人。

桃子花錢請人調查了老公的哥哥，想知道他的財務狀況到底如何。結果，老公的哥哥名下不但沒有負債，相反的，他有多間房，好幾輛車，還有公司、茶園等產業。

桃子把調查來的資料一一列印出來，攤在婆婆眼前，正式通知婆婆：「從此以後，我們為您負擔的生活費減半，另一半需要哥哥承擔；贍養老人是子女的法定義務，如果哥哥拒不承擔，只能透過法律手段解決。」

婆婆一下子傻了，完全不知道該怎麼辦，只好跑到親戚家痛哭，說路遙知馬力日久見人心，裝出來的好總有裝不下去的那天。

有快嘴的傳話給桃子，桃子聽了百感交集。

有一種效應叫「胖虎效應」：一個壞人，突然做一次好事，人人都感動；一個好人，有一次不能令人滿意，之前的付出就全都化為烏有。

所謂「斗米恩，升米仇」，一個隨和慣了的老好人，特別容易掉進「胖虎效應」

的陷阱。

婆婆的失望是真實的，桃子的傷心也是深刻的。忍了幾年，終究還是兩敗俱傷。

桃子說：「早知如此，我應該一開始就把底線擺出來，明明白白地說出自己的態度，不要過界，不要用我的忍讓來粉飾太平。那樣的話，結果就是再壞，也壞不過現在。」

到底什麼是真正的高情商？高情商不是強自隱忍，不是一味遷就，更不是去建構一個被人喜歡的人設，而是幫助一個人在人際關係中獲得最自由、最和諧的狀態，說白了就是讓自己活得更明白、更通透。

—※—

在不損害別人利益的前提下，多為自己著想，

適當的任性會讓人際關係變得更好。

當我們明明白白地把自己的不滿和訴求說出來的時候，會發現人際關係並沒有像

之前擔心的那樣變壞，反而得到了改善。

因為別人知道了你的界線在哪，知道了如何調整與你的關係，所以下次就不會再去踩線了，大家交往起來也能更舒服。

真正能夠欣賞你的人，永遠欣賞的是你的真性情和真實的樣子，而不是你無限隨和，沒有自我的樣子。

年少時看《紅樓夢》，第五回寫到賈寶玉到甯國府做客，喝了點酒想睡午覺，就被請進一間上房，他一看到牆上的對聯「世事洞明皆學問，人情練達即文章」，馬上反感地大喊：「出去，出去！」

當時我深有同感。年少的時候總是這樣，滿心都是陽春白雪，不願去深諳生活的另一面，更不願正視人性的種種。然而，生活是個萬花筒，會變幻出各種各樣讓人眼花撩亂的狀況，橫看人情成嶺，側看世事成峰。只有知人心懂人情，知世故而不世故，才能讓原則和世故巧妙地融合在一起，將生活變成自己想要的樣子。

要知道，別人怎麼對你，都是你給的權利。

與其忍出內傷，真不如像舊時的江湖好漢一樣，一見面就「劃出道兒來」，然後大家按照規則各行其是，彼此都不觸犯對方的「線」，大家開開心心地一起大塊吃肉，大碗喝酒，不亦樂乎？

如此，對自己好，對別人也好。

不必羨慕他人，沒有誰的人生不艱難

別人的生活，即使你再怎麼羨慕，也羨慕不來，因為那可能是他咬碎牙齒和血吞換來的。換個角度想，雖然你沒有他手裡的東西，但你的牙還在啊。

堂姐一家三口要去美國。我姐夫在外商企業上班，應邀帶著老婆孩子去總部參加年會。

得知這件事的當天晚上，我媽坐在沙發上，用她那種慣常的語調說：「看人家多好啊！過兩天要去美國了！」

「看人家多好啊！」是我媽的口頭禪，與這句話相配的，還有一套固定的語調和表情，想像一下一個人牙痛又偏要吃冰的那種感覺就對了。每當我媽犯這種毛病的時候，我就覺得難受，有口難言。

上個月，她也跟我說過：「妳瞧妳二伯伯家條件多好哇，老倆口去廈門旅遊了。」閨密勸過我：「老太太是不是不捨得花錢啊？妳幫她報個團，讓她出去散散心。」

這個方法我也試過，陪著出去旅行，一路開啟自虐模式，美食也不吃，風景也不看，晚上在飯店裡燒開水泡麵。回來後，我問她：「媽，您覺得好玩嗎？」

我媽長嘆一聲，欲言又止地看了我一眼，勉強回答道：「嗯，還可以吧！」言外之意是受了天大的委屈，但畢竟妳出了錢，也不好太不給妳面子，給個欲說還休的眼神，自己琢磨去吧……

我媽從未抱著享受生活的心情，好好地度過任何一個當下的時刻。

從我有記憶起，就覺得她總是在懊悔過去，糾結眼下，焦慮未來，外加羨慕別人。她無疑是一個幸福指數極低的人。

我媽並不是羨慕人家活得好，而是羨慕人家命好，一切都來得毫不費力。如果天上曾經掉過餡餅，那就是每個人都被砸過，只有她沒有……

她的眼睛，只盯著人家光鮮的一面，看不到人家背後的付出；只看到人家得到的東西，看不到人家背後的代價。

一開始我還試圖開解她：很多人過得比妳好是因為付出得比妳多，妳羨慕人家可以免費去美國玩，但是妳每天晚上泡著腳看電視的時候，人家可能在加班，在開會，在出差……

完全沒用。

她依然三不五時就給我來這麼一下。

慢慢地，我也不勸了，只是開玩笑地說：我媽心裡有一匹野馬，我們家卻沒有草原。

不知道我媽這種奇葩的觀點是怎麼形成的，但是生活中像她這樣的人還不少，他們總是盲目羨慕別人的生活，卻忽略自己生活中的美好。殊不知，天上從來不會掉餡餅，沒有誰的人生不艱難，解讀一個人的生活不能只看表象。

✳

我有個女性朋友小錦，自從辭職後就過著全職太太的生活，每天在社群網站上不是秀自己烘焙的點心有多好吃，就是曬曬自己養的花花草草有多嬌豔，然後時不時地再配幾張和姐妹們吃飯聊天的圖，整個人看起來悠閒得不得了。可是有一天，她卻跟我說，已經有很長一段時間沒有人找她參加朋友聚會了，在通訊軟體上跟幾個之前一起玩的朋友聯繫，發現訊息怎麼也發不出去。她被她們封鎖了。

「我到底做錯了什麼？」她鬱悶地說。

具體原因，我也不得而知，但我想她的錯大概就在於不該總是炫耀自己活得有多滋潤，所以幾個人不約而同封鎖了她。很顯然，她們不想看她整天炫耀個沒完，所以將她踢出了她們的朋友圈。

這聽起來實在太幼稚了，完全不像一個成熟的成年人所為。但是在人際交往中，這種情況屢見不鮮。一言不合就翻臉，多年感情說不來往就不來往。你不知道戳到對方哪根筋了，但對方就是不痛快。

在人際交往中，一段好的關係，應該是既獨立又分享。

也就是說，在彼此交往中，

既有交集的部分，在生活上能夠互助，在精神上能夠交流；

同時，又能保持自己的獨立性，對方有對方的生活，你有你的世界。

因為熟識，就非要把對方的生活當作參考，把對方的生活水準當作自己幸福與否的標準，這不就是自尋煩惱嗎？

有句話叫「光看見賊吃肉，沒看見賊挨打」，意思是說，那些貌似光鮮的人，或許背後有你不知道的苦衷。比如封鎖小錦的那些人，看著她整天閒得像只貓，而自己卻每天都在為生活奔波忙碌，自然感覺氣不過。可是她們不知道，在過去的五年裡，小錦休假的時間加起來不超過二十天，當時的她像個空中飛人一樣經常在全國各地飛來飛去，一年到頭大部分時間都在出差。有一次在外地，她被飛車黨搶劫，人在地上被拖了十幾公尺，滿身都是傷。

誰活著都不容易，就連皇帝也不例外，據說雍正還專門給自己刻了一方「為君難」的印，整天往各處蓋，這方印現在還在故宮擱著。

我曾經買過一個英語的網路付費課程，講課的老師原本是知名英語教學機構的名師，兩個女兒的媽媽。高知識，高顏值，離職後出來自己創業，一路順風順水，據說業務做得最好的時候，她的付費課程上線十分鐘就售出十萬份。老公也事業有成，大女兒正在國外讀書，還是個資優生，所謂人生贏家，無非如此吧？

在某一節課裡，有一段，是她帶小女兒朗讀英文繪本，女兒已經十歲了，卻剛剛開始學英語。她自己說出了大家的疑惑：身為一個英語老師，為什麼自己的孩子十歲才開始英語啟蒙呢？

她分享了一段辛酸的經歷。在小女兒兩歲左右時，她發現自己的孩子跟別的孩子不太一樣，不會說話，與父母也無情感交流，整天在懷裡抱著一張光碟，如果試圖把光碟拿走，孩子就會發出淒厲的尖叫聲。

為此，她帶著孩子跑遍了大小醫院，「自閉症」這個詞，像一個巨大的陰影，籠罩在她心頭。

從孩子兩歲開始，她拿出兩年的時間，每天只做一件事：訓練孩子說話。她請了一位十八歲的小保姆來協助。每天從早到晚，她和小保姆一刻不停地對著孩子大聲喊叫，直到兩個人都聲嘶力竭。

一邊對孩子進行語言訓練，一邊也沒有停下求醫的步伐，她始終抱著絕不放棄的信念：只要自己活著一天，就一定要為孩子尋找治療方法。終於有一天，在一家著名的婦產醫院，她遇到了一位兒科專家，在為孩子做了全身檢查後，專家發現有一個血液指標不太正常，而這個指標，是會影響孩子的生長發育的。

孩子吃了專家開的藥，約莫過了兩週時間，就有了明顯的效果。這簡直是個奇蹟！至今，她還把這位專家稱為自己家的恩人。

服藥半年後，孩子可以像別的孩子一樣去學校了。一開始，老師還時不時地找她反應孩子的表達能力差、無法遵守正常的課堂秩序等問題，漸漸地，老師就不再找了，因為孩子的成長完全跟上了其他孩子的步調，是一個正常的孩子了。

她替孩子取了個英文名叫康妮，她說，不求孩子出類拔萃，只要健康成長就好。

孩子病好之後，她家的小保姆被她培養成英語講師，成為她的教學案例中最為成功的一個典型。

這段經歷，如果不是她自己親口說出來，我萬萬想不到一襲紅裙，性格爽朗，笑靨如花的她，竟然默默地走過那樣一段絕望的暗黑時光。

—✳—

張愛玲有一句人人皆知的名言，「生活是一襲華美的袍，上面爬滿了蝨子。」

或許我們都曾羨慕過別人，覺得別人比我們運氣好，比我們順遂，覺得別人的生活圓滿完美，沒有瑕疵。

可是，這世上哪裡有完美無瑕的生活？即使是天上的神仙，也照樣有一籮筐的煩惱和遺憾。牛郎織女一往情深，也只能一年一會；嫦娥獨守廣寒宮，碧海青天夜夜心，守著千萬年的寂寞；即使是上天入地很有能耐的孫猴子，腦袋上也得頂著一個金箍。

不知你的生活中，有沒有這樣的朋友：原本住著豪宅、開著豪車、穿著名牌，看起來真是夫復何求，突然有一天，你聽說他得了憂鬱症。

又或許，在你的社群網站裡，曾出現這樣的貼文：「每天晚上上樓前，都想在車裡哭一會兒，想想哭什麼哭，眼淚也不能給車加油……」

多少艱難困苦，都隱藏在貌似詼諧的自我調侃和一個個欲說還休的刪節號裡。

或許她也有一地雞毛，或許他也有半桶狗血，或許他們都有不足為外人道的心酸。

人生不如意十之八九，可於人言不足二三。

而那些所謂的人生贏家，無非是知輕重，懂取捨。

他們的人生不是不艱難，而是他們最終承擔了這份艱難，達成了自己的願景。一個人要想過得好，就得剔除生活中的那些繁文縟節，簡化目標，知道自己要什麼，該怎麼要。只有專注於自己腳下的路，少去注目別人的生活，才能實現自己的目標。而別人的生活，即使你再怎麼羨慕，也羨慕不來，因為那可能是他咬碎牙齒和血吞換來的。換個角度想，雖然你沒有他手裡的東西，但你的牙還在啊。

珍惜自己所擁有的，過好自己的日子，幸福就是這樣簡單。

愛他，你其實可以主動一些

面子是你在他人眼中是什麼樣子，自尊是自己尊重自己，包括尊重自己的各種需求、尊重自己的內心感受，知道真實的自己是什麼樣子，並且尊重這個真實的自己。

有一次我陪一個朋友參加一場婚禮。新郎是朋友的同事兼好哥們，婚禮結束後，朋友極其八卦、津津樂道地說起了這對新人的感情歷程。

新郎和新娘是同事。新郎原本喜歡另一個女同事，也追到了，還在公司附近買了一間房子做婚房。可兩人為什麼分手了呢？據說問題出在他的這個女朋友身上，那女生從不在他們未來的婚房裡留宿不說，更是不願與男友有肌膚之親。所以，他們分手了，只有男生一個人快快地、寂寞地住在那間大房子裡。

這時，男生的另一個女同事，也就是現在的新娘找到他，提出要租他的一間房間，理由是自己住的地方距離公司太遠了，每天上班奔波得很累。男生本來是不願意的，但礙於同事之誼，又禁不住女生再三請求，就勉強同意了，但不是出租，而是讓她借宿。男生的本意，一是同事之間不好開口收錢，二是希望女孩自己借宿一段時間後不好意思了，自動走人。沒想到那女生一聽，當場提出如果男生堅持不收房租的話，就由她負擔水電費和男生的晚餐。

這一住就是一年半。用朋友的話說，「就算已經這樣了，這哥們兒還堅持了一年半呢！」一年半後，男生娶了女孩。

這一年半實際發生了什麼，外人無從知曉，但是根據故事的梗概，明眼人一看便知，女生喜歡自己的男同事，迎難而上，主動出擊，以租屋為藉口接近男主，大膽追求，最終抱得美男歸。

我只能說：嘿，女孩，幹得漂亮！

說起追求，一般都默認為男追女；關於女追男，有另一個詞，叫作「倒追」。女的追男的？這事一反過來，就有點不那麼合情合理了。

雖說時代發展到了今天，「男女平等」不知道說了多少年，女權主義者也經常昂首挺胸地呼籲女同胞一定要勇敢追愛，可真正能做到「倒追」的女人有幾個？

林憶蓮在歌裡如泣如訴地唱，「女人若沒人愛多可悲，就算是有人聽我的歌會流淚，我還是真的期待有人追。」

被動地等待別人來追求，導致女人在選擇伴侶時有一個局限性，就是只能在自己的追求者中挑選。這些人都是對她感興趣，喜歡她的人，那麼她可不可以選自己感興趣，自己喜歡的人呢？

可以啊，但你得主動。

一直以來都有一種觀點，如果一個女人放下身段去追求男人，那她在這段感情中就會永遠處於劣勢，因為太容易得到的東西總是不被珍惜。可是與這種觀點相悖的，在我身邊聽到、看到的故事中，有一個普遍規律，那就是在愛情中採取主動的女人，基本上都得到了一個好結局，日子過得都挺舒心。而那些因為林林總總的原因或者各種花樣百出，與愛情擦肩而過的女人們，總難免期期艾艾，縱然最後舉案齊眉，到底意難平。

我有一個阿姨，一輩子優雅美麗，上得廳堂，入得廚房，年輕的時候追求者就數不勝數。有一天我去她家吃飯，看見她正坐在沙發上咬牙切齒地盯著手機看個不停，原來她的社群網站裡有朋友在曬恩愛，剛好戳到她的痛點。那是一段陳年宿怨，曬恩愛的那個人，是阿姨的老情敵，當年對方雷厲風行，以迅雷不及掩耳之勢搶走了阿姨的花樣美少年。

說是搶，其實也不對，三個人是那種典型的A愛上B，B愛上C的三角戀愛，花樣少年中意阿姨，情敵又緊追不捨地追在少年身後。一段時間以後，阿姨覺得少年始終沒有拿出非她不娶的態度，心中甚是不悅。愛情不是應該「弱水三千，只取一瓢」的嗎？最後她不告而別，心想如果少年心中有她，一定會掘地三尺地尋來，可她等來等去，沒等來少年的身影，卻等來了少年和情敵訂婚的消息。

阿姨痛哭了一夜之後，拿出十二分的風度，不僅空降訂婚宴，還送了小禮物以示祝賀。告別的時候，喝醉了的少年當場追出來，淚眼朦朧地目送著她的背影，久久不忍離去。那夜的滿天星光和少年的淚光，從此就成了烙在阿姨心上的痛。

人這一輩子啊，愛過誰自己自然知道，但被誰愛過還真未必知道。自始至終，少年都以為阿姨揮揮手沒帶走一片雲彩，從未把他放在心上。

在阿姨負氣蒸發的那段時間，少年病了，情敵每天早上四點起床，跑到郊區，跳進冰冷的河水裡抓泥鰍，就為了能給他端上一碗香噴噴的泥鰍麵補身體，比起女神的高冷姿態，很明顯情敵的愛更實際。

訂婚後不久，兩人就結婚了，很快又有了孩子，後來孩子也有了孩子，當了奶奶的情敵還跟年輕的時候一樣奔放，天天在網上狂曬恩愛。抱著一種奇怪的窺視心理，阿姨每天一睜眼就打開手機看看情敵發什麼了，然後以要把手機戳死的力氣按讚。

千萬別拿誰是誰的朱砂痣，誰是誰的蚊子血來找心理平衡，終究是人家兩個人，相伴了一輩子。

愛不愛的，如今已經說了不算。

聽完這段往事，我不由得感到遺憾。如果當年狹路相逢，阿姨能稍微向前迎一迎，情敵再勇，怕是也沒有勝算。

可她輕輕一側身，愛情就與她擦肩而過了。

「要來的糖不甜，這種事，向來只有人家求我，沒有我求人家的。」

時至今日，阿姨說這話的時候，口氣中仍有一絲驕矜，好像這是一件很光榮，倍有面子的事情。

都說男人最愛面子，其實在戀愛這件事上，女人更愛面子。

多少愛情都輸給了自尊。

面子比天大，自尊最重要，哪怕內心再渴望，也不肯再努力一下。「後來，終於在眼淚中明白，有些人一旦錯過就不在。」

可以武斷一點，「自尊」這個東西，是橫亙在我們主動追求愛情、追求幸福路上的一大障礙。

人當然要有自尊心，問題在於，我們是如何定義「自尊」的？總是有很多人把面子和自尊混為一談，以為沒面子就是沒自尊了。實際上，面子與自尊是兩碼子事。

面子是你在他人眼中是什麼樣子，自尊是自己尊重自己，包括尊重自己的各種需求、尊重自己的內心感受，知道真實的自己是什麼樣子，並且尊重這個真實的自己。

勇敢追求自己想要的幸福，努力達成自己的內心所求，不是一件最有自尊的事嗎？

有些事情不用活到七老八十，三十歲之後就會有所感觸，回首往事，令人耿耿於懷的，往往不是丟臉、被拒絕，而是猶豫、逃避。比失敗更讓人心塞的，是錯失。

真的愛一個人，你完全可以主動。也許在追愛的過程中，他終究沒有接受你，但是你卻因此獲得了勇敢追愛的能力和勇氣。這種珍貴的收穫，讓你雖敗猶榮。

—✳—

你可能會說，活得這麼用力，還能做一個淡泊優雅的女子嗎？

不是要你時時刻刻都像腎上腺素爆發一樣馬力全開，而是要你懂得自己、尊重自己，敢於迎向自己喜歡的人。得到了，很好，這是你應得的獎品和禮物；沒得到，你可能會失望、難過，同時也會釋然，努力過也就無悔了，絕不會從此看輕自己、懷疑自己。

別人怎麼看你不重要，重要的是你怎麼看自己。唯有擁有了這樣的一份自尊，才能真正做到寵辱不驚，雲淡風輕。

重新定義了自尊，就重新定義了生活中很多事情的含義。你收獲的不僅僅是一個愛人，還有一份人生態度。

一旦女人能夠做到主動追求自己的所愛，就等於為自己的人生開啟了一個契機，踏入了一大片豁然開朗的廣闊天地。從此，你會看到生活中的很多可能都可以握在自己手心，而不僅僅是愛情。

簡而言之，活得越好的人，性格越主動。

老話說得好：「男追女，隔座山；女追男，隔層紗。」

看，這份性別優勢是老天給女人的一份多大的優勢啊，幹嘛要浪費呢？

你要的不是愛，是被認可

太懂事的人，都活得辛苦，就像在薄冰上走路的人，永遠全身緊繃，走得戰戰兢兢。

一個女性朋友告訴我，她老公最近要被外派到美國工作兩年，臨走之前，老公跟她商量抓緊時間生個二寶，她也同意了，結果她剛剛懷孕兩個月，老公就坐飛機走了。

我問：「老公不在，你是辭職在家養胎，請個阿姨照顧，還是讓婆婆來幫忙？」

她故作輕鬆地說：「不用啊，我照常上班，快到預產期的時候讓他回來就行，婆婆在照顧外孫，走不開。」

我頗感不可思議，一個男人怎麼可以在這種時候提出生二胎？自己跑到大洋彼岸，讓老婆一個人承擔懷胎十月的辛苦的同時，不僅得照顧六歲的大寶，還得照常上班。

她說：「我也習慣了，以前，雖然老公在身邊，大兒子的事他也幾乎沒管過，孩子幼稚園在哪裡，上了幾個才藝班他都不知道。懷孕的時候，每次產檢我都是早早去醫院掛號，檢查完再去上班，有時候也想讓他陪我，但看他睡得那麼香也就不忍心叫醒他了。」

我無語。

我的這位女性朋友確實優秀，大家都公認她又漂亮又能幹，還會教孩子，但她畢竟是個女人，不是女超人。

雖然她獲得了全家上下的一致認可，但把一個孕婦一個人扔在家裡，貌似這家人有點不人道，對她缺了一點關愛和體貼。

英國哲學家培根（Francis Bacon）說：「如果你所愛的人不是同樣地愛著你，那麼就必然是在暗地裡輕蔑著你。」

這話冷酷吧？

可是，認可，不正是建立在愛的基礎上嗎？光說你好，卻不對你好，真的很難讓人相信這個人是愛你的，甚至會讓人覺得，他只是在利用你的傻，樂得自己享受清閒，你越辛勞一分，他的人生就越安逸一分。

—✳—

有一次出差坐高鐵，鄰座的一個媽媽帶著兩個孩子出門，期間聊起天來，媽媽告訴我，她與丈夫開了一間店，做建材生意。

丈夫像個長不大的孩子，整天只知道坐在櫃檯後面玩手機遊戲，對生意一點也不用心。有時候顧客上門來買一個很小的配件，店裡沒貨，丈夫嫌麻煩，想直接把顧客打發走，她總是留下顧客的聯繫方式，然後一家家地打電話問供應商，甚至騎著車一家家地去找，盡量滿足顧客的需要。

有一次，一個中年人來買一種特殊型號的水龍頭，她費盡力氣終於找到樣品，連忙寄給顧客，沒想到這個顧客是個建築商，立刻下了一張大單，小店當年就盈利了。

丈夫說她天生帶財，運氣好，索性把生意完全交給她打理，自己每天就到處閒晃、打打牌，偶爾幫她跑跑腿、做做雜事。她說，他們那條街上的建材店，通常都是男主外，女主內，老闆出去跑業務，老闆娘在家裡看店，只有她，每天裡裡外外一肩挑。每次她埋怨老公無所作為，老公都會說：「不是每個人都像妳運氣那麼好，妳看我坐在店裡一天冷冷清清，妳一來人氣就旺得很，妳有好運氣，我有妳就行了！」

每次成一筆大單，老公都會對她特別好，端茶倒水把她當老佛爺般的伺候著，可每逢店裡生意冷清，老公對她就好像冷淡許多。所以，為了讓老公多心疼自己，也為了把日子過好，她只好加倍努力，不敢偷一點懶。

「女人啊，想要在家裡的地位高，還是得靠自己。」她感慨。

聽起來她好像是在抱怨，我卻聽出一絲驕傲和自豪的意味。

其實在我看來，所謂的天生帶財，不過是因為她態度熱情，服務周到，有耐心，能吃苦。

丈夫和婆家人對她的那些認可、誇讚，什麼旺夫啊，招財啊，賢慧啊，能幹啊，無非都是吊在兔子鼻子前的那根胡蘿蔔，吸引著她一直不辭辛苦地向前衝，拚命做！

如果一個人在自己的觀念中，將別人的認可當成愛，那他的人生不累才怪呢。他會為了得到這份認可逼自己更強大、更優秀，變成無所不能的金剛，甚至會麻痺自己，忘記自己也是肉體凡胎，也有脆弱的一面，也有無力的時候，也需要別人的照顧和理解。

✳

在親密關係中，有很多人常常傻傻分不清自己要的到底是愛，還是被認可。如果一個人童年時期在原生家庭裡，沒有得到充足且良好的愛，包括關注、認可、欣賞、讚美等，那麼這個人在成長過程中，內心深處就可能一直有一個空落落的洞，需要大量的愛來填滿。他們會偏執地認為，只有自己足夠完美、足夠優秀，別人才能認可自己，自己才能獲得愛。

在外人看來，這種活法未免用力過猛。他們一往情深又無怨無悔，毫不利己專門利人，愛上誰，就像一塊黏在身上的口香糖一樣不離不棄。

在潛意識中，他們對自己能否得到愛並沒有信心，甚至自己都無法肯定自己，懷疑自己不值得被愛。他們越是這樣想，就越是要證明自己可以擁有愛。因此，當別人給他們一個認可的時候，他們常常會誤認為那就是愛了，於是把自己的渴望和需求全部投射出去。自己稍微做得有些不盡如人意，又會擔憂失去別人的認可，愈發惴惴不安，愈發用力過猛。

在他們無盡的奉獻和付出中，別人常常也會無意識地被拉入這樣一種認知和交往模式中，對他們的強大產生依賴，對他們的付出視而不見。

說起來，他們並沒有錯，只是活得太「懂事」了。太懂事的人，都活得辛苦，就像在薄冰上走路的人，永遠全身緊繃，走得戰戰兢兢。要知道，真正的愛是沒有條件的。我們之所以被父母、家人、愛人愛著，是因為彼此之間有強大的感情連結，儘管我們有缺點、有不擅長之處，有很多做不好、做不到的事，但他們依然溫柔地愛著我們、守護我們，支持和幫助我們。

有一部電視劇叫《女不強大天不容》，先不講劇情如何，光是這個名字就看得我一愣一愣的。女人不強大，天都不容了？強大是女人必備的屬性嗎？是誰給我們套上這副枷鎖？

我一直覺得，女人最好的活法，就是認真生活，好好努力，盡力做最好的自己但不強求完美，承認自己的缺點，與不完美的自己和諧相處。強大的內心來源於自我肯定和自我接受，如果內心深處缺乏這份自信，就會以別人的看法為風向標，活得沒有方向。

強撐著強大，以獲取認可的方式來索愛，終有一天會撐不住。人生很長，別對自己苦苦相逼。放鬆一點，以鬆弛和從容的態度來經營親密關係才是長久之計。

合適的人天生就合適

英國有句諺語，「It is not my cup of tea.（你不是我的那杯茶。）」——你再怎麼芬芳馥郁，就是不合我的口味，能怎麼辦呢？

經常在網上聊天的一個女生，在與男朋友去海島度了個小假以後，透過通訊軟體告訴我，兩人已經分手了。

問原因，她發過來一組照片，她穿著比基尼躺在沙灘上，張張看起來都像是死屍。仔細研究了一下，我發現這個攝影師似乎有點問題，他拍照完全不考慮光線、角度這些因素，也不看模特兒的頭髮是不是亂了，表情是不是不自然，完全就是閉著眼睛胡亂拍的。

我把這個感受說了出來，立刻引起女生的強烈共鳴。她說他們戀愛兩年，他沒有替她拍過一張好看的照片，他拍照從來都是掃一眼鏡頭，保證把人收進去了就好了。所以，他拍出來的效果，要麼是人傻呆呆地站在畫面正中央，像極了大頭證件照；要麼是人縮在一角，只有半個身子；要麼是令人驚悚的大特寫，要麼就拍糊了，五官一片模糊。

對於一個天生感情細膩還有點愛美的女生來說，有一個會拍照的男朋友是多麼重要的事！因此，兩個人總是為拍照的事吵架，還摔過相機，後來男友對拍照都怕了，說是有心理陰影。

終於發展到最後的分手。

男友不會拍照，似乎是全世界女生都在吐槽的事，有必要到分手的地步嗎？

其實沙灘照只是一個導火線而已。兩個人本質的分歧在於，女生是個講究美感的人，而男友有點粗糙。他們在生活中的矛盾比比皆是，為一個沙發墊吵，為一個杯墊吵，為一條毛巾吵，為一支牙刷吵……女生覺得，東西既要好用也要賞心悅目，男友覺得，實用就行，賣相無所謂。

除了審美觀不同，兩個人對生活的理解、感受力等皆不同。基本上屬於一個說「今晚月色很好」，另一個說「明天你可以曬被子」的那種類型。無論女生對男友說什麼，升職的成就感呀，買到打折名牌的小喜悅呀，偶爾懷懷舊或者心情不好有點小沮喪呀，男友總是頭也不抬地回一句話：統統都是浮雲。

終於，他們的感情也成了浮雲。

會不會有人為這男生抱不平？大千世界，什麼脾氣秉性的人都有，有的人可能天生就粗線條，沒有那麼多閒情逸致。

是的，千人千面，性格迥異，所以，我們都想在茫茫人海中，遇到合適自己的那個人。

有的人，就算衣服都擦破了也擦不出火花來，就像磚頭和玻璃瓶，能指望它們產生什麼化學反應？

科學家說，異性相吸就是最簡單的荷爾蒙作用，主導人類產生愛情感覺的物質是多巴胺。當一對男女互相喜歡時，腦內的多巴胺等神經傳導物質會源源不斷地分泌，於是兩個人就有了愛的感覺。

如果有的人，千好萬好，即便在外人眼裡與你特別般配，但就是刺激不了你分泌多巴胺，能說他是合適的嗎？

一個人喜歡什麼類型的人，與其成長經歷、教育背景、性格秉性、審美品味等息息相關，這種喜好是在一個人的成長過程中逐漸形成的，甚至可以說在冥冥之中早就註定了。合適的人天生就合適，不合適的人怎麼磨合都是彆扭，所以才有「強摘的瓜不甜」的說法。

這也是相親成功率普遍不高的原因。相親往往是拿一對男女的各項條件如年齡、外表、收入、學歷等去互相配對，可是愛情這個東西沒有道理可講，不是條件合適就可以組合在一起。否則我們無法解釋，為什麼愛德華八世會為了一個離過兩次婚而且相貌平平的女人而放棄王位；作曲家勃拉姆斯為什麼會愛上年長自己十四歲還有一大堆孩子的克拉拉。

英國有句諺語，「It is not my cup of tea.（你不是我的那杯茶。）」——你再怎麼芬芳馥郁，就是不合我的口味，能怎麼辦呢？

喜歡什麼口感的茶，選擇什麼樣的人相愛，是一道沒有是非對錯的選擇題。

一九七〇年，英國的夏天，二十三歲的卡蜜拉在溫莎大公園遇見了比她小一歲的查爾斯王子。

查爾斯王子是個有點拘謹的人，但是與卡蜜拉相識的第一天，他就開懷大笑起來。查爾斯的朋友回憶說：「從遇見卡蜜拉的第一天起，查爾斯的整個身心就被她徹底征服了，整個人顯得有些魂不守舍。」

七年後，還是一個夏天，查爾斯受邀參加一次射獵聚會，與戴安娜不期而遇。當時，王子似乎沒有動心，但戴安娜卻對王子印象深刻。

其實在故事的開始，年輕貌美的戴安娜是很有自信的，她曾經說過：「聖保羅大教堂舉行盛大婚禮的那天，緩步走在通往聖壇的紅地毯上時，我努力在數百名熙熙攘攘的來賓中搜尋卡蜜拉的身影。我終於找到了她——她戴著頂淺灰色大圓帽，並未察覺到我正盯著她。我心裡說：啊，總算見到妳了！就讓我們兩個好好較量一番吧，看看最後誰會贏。」

故事的結尾，戴妃曾忿忿不平地向一位醫生好友抱怨說：「我真是不明白，為什麼我會輸在這麼一個菸不離手、滿口大黃牙，還有頭皮屑的女人手裡？」

有人把這稱為「戴安娜式憤怒」，意思是美女不一定總能贏。後來的事大家都知道，很快她的婚姻就出現一連串問題，最終與王子走到盡頭。

在世人眼裡，高貴的王子遇見了美麗的灰姑娘，結局自然是兩人「幸福地生活在一起」，查爾斯與戴安娜的婚姻本應是一場完美的童話。然而，王子卻為了一個姿色平平的卡蜜拉辜負了明豔動人的「灰姑娘」。

就連查爾斯王子的父親菲力普親王都對戴安娜說過這樣的話：「我無法想像一個頭腦正常的人會離開妳而選擇卡蜜拉。」是呀，卡蜜拉憑什麼——她比查爾斯還要年長，她離過婚，她不美，她憑什麼？這個被媒體稱為「年齡是戴安娜的兩倍，容貌是戴安娜的一半」的女人，卻是查爾斯王子做了半生的春夢。

二〇〇五年，在卡蜜拉與查理斯相識的第三十五年，她成了王子繼戴安娜之後的第二任妻子。

卡蜜拉相貌平平，打扮也不入時，更像一個隨隨便便的家庭主婦。但她性格開朗，富有幽默感，與查理斯興趣相投，兩人都喜歡鄉村生活和體育運動，都愛好騎馬和打獵。她的熱情，驅散了他心頭的憂鬱，也許，她是第一個洞察到王子內心深處充滿孤獨感的人。王子愛她，或許就像愛爾蘭詩人羅伊．克里夫特（Roy Croft）寫的那樣：「我愛你，不光因為你的樣子，還因為，和你在一起時，我的樣子。」

形容愛情，任何字眼，都敵不過「合適」二字。或許找到一個百分百契合的人不是那麼容易，只要百分之八九十合適，就已經很難得了。可即使是這樣，也千萬不要勉強自己跟不合適的人在一起。不合適的感情就像不合適的鞋子一樣，走一步痛一下，一輩子那麼長，何必讓自己受這種酷刑呢？

一味地付出
其實是一種懶惰和勒索

就因為你愛我，我就要對你言聽計從？因為你為我付出，我就必須要以違背自我意願的方式去回報？因為你愛我，我就得受委屈被操縱？被一個人愛，應該是這麼受罪的事嗎？

我在一本小說裡，看到一個故事：一個女孩從中學起就暗戀一個男生，為此女孩努力考上男生去的那所大學，畢業後又追隨著男生來到一座城市，甚至在男生婚後還無怨無悔地當了他近十年的情人。讀者聽完常常會覺得，女孩太傻，為了一個不愛她的人，為了一段沒有結果的感情，付出太多。

但是，作家最後寫道：「如果我說，其實操縱著這段關係的，是一直付出的那個人，你信嗎？」

在心理學中，有一個名詞叫「情緒勒索」。透過「我對你這麼好，你都不可以滿足我的需求嗎？」的模式來讓對方產生愧疚，進而達到控制的目的。「如果你真的愛我……」、「我為你做了那麼多……」、「你怎麼可以這麼自私……」總是說這種話，利用你的感情、責任感和愧疚心理不斷地向你提要求，操縱你、壓榨你的人，往往都是最親密的人。

因為對方「欠我的」，所以他無法離開我，否則就將背負巨大的愧疚感。在生活中，我們常常會看到這種用「你欠我的」模式與人建立關係的人。當孩子學習不努力時，媽媽苦口婆心，鼻涕一把淚一把地訴說自己這些年照顧孩子的不易，潛在的意思，就是在責備孩子「你欠我的」；兩口子吵架，老婆跟老公一筆筆算這些年她為這個家做了多少貢獻，她傳遞的資訊是「你欠我的」。當他們在傳遞這些資訊時，他們期待的是用這樣的方式控制對方，滿足自己的需要。

其實稍微清醒一點，就不難戳到問題的本質：就因為你愛我，我就要對你言聽計從？因為你為我付出，我就必須要以違背自我意願的方式去回報？因為你愛我，我就得受委屈被操縱？被一個人愛，應該是這麼受罪的事嗎？

—✳—

我有一個朋友，與自己母親關係不好，母女倆經常冷戰。母親婚姻不幸，總把一句話掛在嘴邊：「如果不是因為怕妳沒媽，我早就喝農藥了！」

這個阿姨現在健康地活到了六十多歲，生活還是那麼糟糕，沒有什麼改善。女兒都成年了，也當了媽媽，她還是動不動就把那句令人難受的話放在嘴邊。

生長在這種家庭的孩子真的很倒楣，彷彿一出生就背負了一種原罪——她要為母親的不幸負責。實際上，母親的這種說辭，只不過是為了掩飾自己不敢面對未來，不敢改變現狀的懦弱和懶惰。

一味地付出不僅是一種綁架，還是一種因為懶惰而滋生的逃避。

比起揭竿而起，對自己糟糕的生活說No，勇敢地跳出生活的泥淖，他們更願意「一味付出」。因為相對來說，付出更安全、更省事，與其將自己置身於巨大的未知之中，去為了未來的生活披荊斬棘，還不如把自己的人生選擇強說成為別人做的犧牲。這樣既可以規避改變生活的風險，還可以讓自己選擇留在舊世界中的理由充滿忍辱負重的悲壯氣息，顯得無比偉大。

可是，一個真正有愛的能力的人，一定會為自己的人生負責，讓自己活得晴朗且明亮。他們會讓身邊的人感到溫暖和舒適，而不是以愛的名義把大家都拉到陰雨連天的陰鬱天空下一起淋得渾身濕透。

然而，以上還不是最可怕的情形，最可怕的是有的人明明沒有被誰勒索，卻被自己綁架了。綁架他們的，是他們自己曾經的付出。因為他們為某個人犧牲得過多，如果否定了這個人，就等於否定了曾經的自己，就等於讓那些嘔心瀝血的付出變得一文不值。所以，為了不讓那些已經發生且不可收回的支出，統統變成人生的沉沒成本，他們寧可陷入不斷付出以維持現狀的泥淖之中。

都說可憐之人必有可恨之處，這話的確有幾分道理。人最大的心結，是眼裡只有別人的錯誤，認為自己是受害者，卻看不透所受的傷害往往都是自找的。我們口口聲聲說對方有問題，卻又不願逃離傷害，你能說這種痛苦完全與自己無關嗎？大多數情況下，都是因為受害者自己病態地需要這段關係，為確保自己是受害者，不捨得放棄互相折磨、無法改善的惡劣關係，結果就是加重了自己的悲劇。只顧埋怨對方，卻看不到自己也給對方帶來了困擾和痛苦，不明白其實自己也是加害者，結果就是越痛苦越捨不得放手。何必呢？

無論是遭遇情緒勒索還是被自己綁架，一旦陷入這個困局，就很難掙脫，人會變得不快樂、沒有愛，不僅無法享受生活，心理上也要背負沉重的負擔。

也許有人會反駁：我就是犧牲了人生的其他可能而為他付出啊，做的確實都是為他好的事啊，怎麼就成了勒索了？那麼，你可以摸著胸口問一問自己，這種犧牲真的是對方想要的嗎？如果對方不想要，而你一味強加給他，那麼又是為了什麼呢？當對方沒有做出你期望的反應時，你心裡是什麼感受呢？

回答完這些問題，相信我們已經可以感受到「愛」與「勒索」是完全不同的兩種情感模式。勒索者是緊張的、虛弱的，內心有愛者是篤定的、放鬆的。

人活一輩子，一切都是自己的選擇，誰也別為誰過度付出，誰也別總把為別人的付出當成大事。打開自己心靈的枷鎖，好好活出自己，不要讓自己僅有的一生，變成一片迷霧。

誰都不該背負起另外一個人的人生

婚姻是人生的新階段，但是結了婚，並不意味著自我完善、自我成長的過程就可以結束了。如果婚姻中只有一方意識到成長和完善的必要性，就會造成雙方的痛苦。

一隻美麗的天鵝愛上了一隻鴨子，牠覺得這隻鴨子是如此健壯、如此帥氣、如此與眾不同，於是天鵝向鴨子表白，受寵若驚的鴨子也欣然接受了這份愛。從此，天鵝就離開了藍天和雲彩，與鴨子一起生活在池塘邊。時間長了，天鵝雪白的羽毛越來越髒，美麗的小腳也因為長期走路而紅腫了。

有一天，天鵝終於忍不住了，提議說：「鴨子，鴨子，你跟我學飛吧，學會了我們就可以比翼雙飛了。」為了天鵝，鴨子努力學飛，可惜這畢竟是一隻鴨子，偶爾在池塘邊低飛還可以，想要像天鵝一樣，高飛到天空中實在是太難了，牠學了幾天覺得堅持不下去，於是就放棄了。

後來，鴨子突然想到一個好辦法，牠說：「天鵝，不如你抓住我，帶我去飛吧。」於是天鵝抓住鴨子，搧動翅膀，吃力地飛上了藍天。雖然只飛了一會兒，但是鴨子依然很高興，牠覺得天上的風景實在太美了，被雲彩撫摸，被藍天洗滌，這種感受以前從來沒有過，鴨子覺得與天鵝在一起真是太幸福了。

從那天之後，鴨子每天都要求天鵝帶著牠飛，而且飛的時間越來越長，如果天鵝不答應牠就會很生氣。天鵝雖然身心疲憊，但因為愛著鴨子，最終總是會答應鴨子的要求。

直到有一天，鴨子又要求天鵝帶牠飛，天鵝抓住鴨子飛上了藍天，這一次牠們飛得很高，很高。突然，天鵝低下頭深深地吻了吻鴨子，就在鴨子覺得不對勁的時候，天鵝鬆開了鴨子的翅膀……

無意中看到這個故事的時候，我覺得這簡直是一則成人黑童話，讓人讀了心裡很不是滋味，思索良久。

—✳—

一個男人要與妻子離婚，妻子的第一個念頭就是，男人有了婚外情。於是妻子拿出自己的私房錢，委託一個私家偵探調查真相，如果真有此事，就幫自己蒐集好證據。偵探跟蹤了她老公二十天之後，給了妻子這樣一份調查報告：妳老公孤家寡人一個，不是在公司加班，就是回他父母家睡覺，要不就是回你們家拿換洗衣服，哦，他還去過兩次肯德基和兩次咖啡店，不過，都是一個人邊吃喝邊看報紙……

妻子看完調查報告更疑惑了：既然沒有小三出現，他為何還要跟我離婚？

女人只好親自與男人打開天窗說亮話。男人說：「妳我結婚十幾年，妳在精神層面上一直是個單純無知的少女。我一路『抱著妳』走，實在太累了，我想歇歇。」妻子呆了，半晌，她才恨恨反問道：「剛戀愛時，你不是說就喜歡我單純、不世故、坦率的樣子嗎？你還說，你要好好鍛鍊臂肌和胸肌，準備抱我一生一世……」男人苦笑不已，現今的生存壓力這麼大，自己一個人扛到底已經很累了，還要負重前行，不是太不公平了嗎？

進入婚姻後，在「女人還要不要獨立自強」的問題上，著實發生過很多啼笑皆非的故事，我們的男主角們在講述這些故事時，一致的反應是，「累，真累」、「她有沒有意識到我也是血肉之軀，無法幫她扛起所有的問題啊？」

有一種女人總心懷一種理直氣壯的邏輯：因為我嫁給了你，為你生養了孩子，我婀娜的腰肢、臉上的紅霞，都被你偷走了，我把青春獻給了你，這份恩情你該如何消受、如何回報？你當然要好好掙錢，讓我生活富足，臉上有光；除此之外，你在百忙之中還要照顧我的情緒感受，多關心我、多陪我；吵架了你要讓著我，我有事情你得幫我解決。你為我做這一切只是因為——我嫁給了你。對一個女人用青春做出的巨額投資的收益，你必須全權負責！

可是，當初沒有人掐著脖子逼妳嫁給他啊，憑什麼娶了妳的人就好似欠了妳，要一輩子做牛做馬來回報？世界上不是只有一個女人，疲倦的男人也會思考，也會衡量，同時也會放棄。

沒有誰該背負起另外一個人的人生，一輩子去考驗另一半的臂力，是一件殘忍的事。無論在身體上、情感上、經濟上，還是精神上，都要學會對自己負責。

我們的幸與不幸，都不能輕率地歸因於其他人。

—✻—

有一部很好看的，把婚姻問題刻畫得入木三分的電視劇叫《結婚十年》，夫妻兩人在十年間的事業發展總是此消彼長。在落差中，丈夫漸漸與聰明能幹的工作搭檔產生感情，夫妻間的甜蜜往事不足以維持現有的激情，兩人在微妙的差異中漸行漸遠。

心理學研究顯示，對個人成長的滿意度直接關係到對生活幸福度的認知。事業、愛人、孩子在生活中比重的失衡，會讓夫妻間必要的情感交流日漸稀薄，致使婚姻面臨內外夾攻的深層危機。

由於個人成長的不平衡，雙方在世界觀、價值觀、社交圈和關注層面上的差異就會日益凸顯。夫妻間的「高低差」產生的根源，其實只在一念之差。無非是誰爬上了山頂，誰在半山腰就休息了。

婚姻是人生的新階段，但是結了婚，並不意味著自我完善、自我成長的過程就可以結束了。如果婚姻中只有一方意識到成長和完善的必要性，就會造成雙方的痛苦。生活經驗告訴我們，這種痛苦非常普遍。如果婚姻中的雙方不同步的話，你要麼去引領另一個人成長，要麼一個人獨自成長，然後背著對方前行，跑完婚姻這場馬拉松。

夫妻兩個人一起成長是一種比較理想的人生狀態。如果兩個人漸行漸遠，無法同行，那麼也許就會緣盡。一旦兩個人已經沒有共同語言，無法溝通和交流，無法達成心靈上的默契，又如何談共同成長呢？這種婚姻也必然是痛苦的。

—✳—

夫妻既然叫作配偶，那麼首先就要互相配得上。柏楊先生說得好：「這跟一輛並轡嘆頭馬車一樣，兩位馬先生必須平頭地奔馳，才能前進。」如果其中一位馬先生跑得累了，想歇歇腳、擦擦汗，或者索性栽了個誰都沒話可說的跟頭，那就非翻車不可。但這也並不是說丈夫是個物理學家，妻子一定要明白相對論；妻子是個聲樂家，丈夫一定要彈一手好鋼琴。而是說，夫妻雙方至少應有足夠的知識水準，瞭解對方是做什麼的。即使在工作上不能幫助對方，但在生活上及心理上，也必須要有能力提供支援——最低限度，也別總讓對方受累。

這個世界最美好的事情就是成長，

如果一個女人能夠喜歡自己而不懼怕衰老，是因為她始終在成長，

她有能夠跟時光抗衡的武器——

她有自信，她看到自己的生命在不斷綻放。

而一些女人看待婚姻的最大誤解是，她們拒絕成長，認為老公照顧老婆是天經地義的事，是受良知和責任約束的。婚姻的責任和良知確實很重要，但是也不能過分誇大它的作用。一個女人對婚姻的把握不能僅僅靠良知和責任，妳得自己有魅力，讓自己的婚姻一直是一個活體，而不是成為一個約定。

有句老話叫「悔教夫婿覓封侯」，也能在一定的程度上說明這個問題。男人太高

了，而妳一公分都沒長，就只能抬頭仰視他。習慣仰視男人的女人一定要切記，當妳高昂著愛情的頭顱仰視男人時，男人也正在俯視妳。妳仰視的角度越大，你們之間的差距就越大，愛情的基礎就越脆弱。

婚姻需要愛情之外的另一種連結關係，最強韌的一種不是孩子也不是金錢，而是精神上的共同成長。婚姻最好的保鮮方法就是共同進步，一方不斷進步，另一方原地踏步，只會導致距離越來越遠，出現分歧是遲早的事。

不要說這個世界殘酷，也別怪故人心易變，要怪就只怪自己放棄了自己。張小嫻有一篇文章，叫〈謝謝你離開我〉，她寫道：「你會感謝他的離去，是他的離去給你騰出了幸福的空間。」

而被放棄的那個人，像不會飛的鴨子一樣，如果沒有摔死，希望也都能如張小嫻所說：「當時的墜落，換來的是日後的提升。」

多談幾次戀愛，才會遇見對的人

成長是需要時間的，年輕時的愛情之所以很難修成正果，大多數都是因為兩個人雖然在對的時間相遇了，卻沒有長成彼此想要的樣子。

有人在網路上問了這樣一個問題：「為什麼有些人跟男女朋友交往很多年都不結婚，在分手後卻很快就跟新的交往對象步入婚姻？」

其中有一個得到很多人按讚的回答，引發了很多人的共鳴，一個女孩說自己與前任談了七年的戀愛，分手後遇到現任才發現，原來男人越有責任心，越有擔當，與他相處起來才越舒服。她覺得自己花了七年的時間都沒看清一個人，直到和現任在一起，才知道愛情可以這麼透明，這麼有安全感，也才知道自己之前有多笨。

女孩感慨：「有些人就是這樣，你一味壓低自己的底線，忍了那麼多年，直到壓死駱駝的最後一根稻草出現，他也沒有任何改變。但有些人，一出現的時候，就已是你能期待的最好的模樣。」

有一句話大家都耳熟能詳，「初戀時我們不懂愛情」，大意是說初戀無限美好，卻往往修不成正果。成長是需要時間的，年輕時的愛情之所以很難修成正果，大多數都是因為兩個人雖然在對的時間相遇了，卻沒有長成彼此想要的樣子。

這個世界上，能夠一次戀愛就成功的人，實在太少了，大多數人可能都會經歷一次甚至多次失戀。如果婚姻是一所學堂，那麼戀愛就是學前班。

如果沒有失戀過，有些人可能一生都弄不懂該怎麼去愛一個人，一生都無法擁有一個成熟的感情觀。

經歷了一段段從認識到相愛再到分開的戀愛的磨礪之後，女孩們逐漸成熟，逐漸明白，她們的人生不能為了愛情而偏離主幹道的方向，只有在主幹道上遇到的人才是對的人。不要在結束後追問自己哪裡做得不夠好，失去也許正是因為我們給的太多了。

失過戀的人對待愛情，反而會更加豁達。

某電視臺曾經做過一個類似行為藝術的節目，找來十對曾經的戀人，讓他們對視十秒鐘，並用攝影機拍下彼此的反應。

看到昔日的戀人，有人沉默不語，有人眼含淚光。在十對戀人中，只有一個女孩動手打了前男友一個耳光，其餘九對都選擇了釋懷，甚至有人擁抱在一起。

失戀表面上看是一種感情的失去和傷害，實質上卻是另一種感情的提前墊付。只要不澈底懈怠，你在這樁愛情上失去的東西，必然會在下一樁愛情中加倍補償回來。

一個經歷失戀再走入婚姻的人，與初戀一路順風的人相比，雖然無法判斷二者的感情誰更幸福，但有一點可以肯定，前者對情感風險的抵抗力一定更強。

情場有時也像戰場。兵法云：「將欲取之，必姑予之。」失戀是人生感情旅途中必然要付出的一筆投資，其目的在於讓自己知道「真愛」之難得。失戀是一面「照妖鏡」，從這面扭曲的鏡子中，我們可以看到愛情或許不像之前想像的那麼完美。然而一樁愛情的失敗，大多數時候並不能說明當事雙方的人品的好壞，它主要只是說明人生有時很無奈，而正在「見習」愛情的你，可能對自己的性格和情感需求，以及對男人的內心世界還欠缺瞭解。不要憎恨那個讓你失戀的男人，只要你們真心愛過，無論多久，你都應該感謝他給了你一次「真刀真槍」實戰的機會。

其實，這個世界沒有什麼「孽緣」，真正的愛情最初是美好的，最後也可以很優雅地結束，關鍵是你能不能從中汲取精華。女孩都要成長，怎麼去愛，怎麼被愛，都是人生的必修課程。

有品質的愛需要磨練，在問題發生時需要毅力，糾正錯愛更需要勇氣。因此，戀愛失敗時就要遵守這種守則，檢討缺失，降低情路坎坷，使下一次的戀愛變得更容易成功一些。

香港著名靈性治療師素黑曾經說過：「那些舊情人，都不是為了害你而存在的。

他們的出現，其實也為給你清楚照鏡的機會，看清自己多一點，是認識自我的過程。能在關係上毫無保留地跌一跤，教訓必定難能可貴。這是舊情人的存在意義。」

—✳—

聰明的女人，把失戀當作成長，把男人當作老師。

很多女人失戀後都淒然說過：「我不會再這麼愛一個人了。」可是這一切過去以後，生活還會繼續，大多數人都會重新開始一段愛情。張小嫻說：「你以為不可失去的男人，原來並非不可失去。你流乾了眼淚，自有另一個人逗你歡笑。你傷心欲絕，然後發現，不愛你的人，不值得你為他傷心。」

這個男人愛你，很好。不愛了，沒關係，你還可以擁有一片森林。

時間是最好的良藥。終有一天，你的記憶不再懷念前任、牽扯往事；終有一天，你會釋懷一切，大步往前走；終有一天，你會遇見對的人，看對的風景，迎來更美的生活。真的，並不是之前遇到的人不好，只是我們在最好的狀態時遇到的那個人，才是最好的緣分。

做更好的自己，是需要時間的。

你的閱歷、你的見識、你的努力、你的堅持、你對愛情的體驗和感悟，這一切終將全部變成你的內涵，讓你自帶光芒，引來更好的人注目，遇到更好的感情。

已經失戀了，就不要再失態了

我們都愛過，也都散過。愛的時候越濃烈，散的時候越淒清。與其跪在一地狼藉上緊緊抓住往事的碎片握得手心出血，不如體體面面地轉身，放棄已經失去的，爭取還能得到的，留一個有尊嚴的背影。

幾年前，好朋友失戀，帶著狗住進我家。相戀了好幾年，準備談婚論嫁的男友，突然拋下她回老家相親去了。這樣的打擊，確實讓人受不了。雪上加霜的是，不久前她還失業了。

一起出去唱歌，我聲情並茂地唱了一首〈別在我離開你之前離開我〉，一回頭，發現她早已淚流滿面。

她忍不住打電話給前男友。兩人都對著手機破口大罵，把對方的祖宗十八代都分別問候了幾百遍，用對方的各種糗事、丟人事來互相攻擊，句句如刀，字字扎心。

幾天以後，前男友把她封鎖了。她轉而打電話給前男友的父親，開始老爺子還勸幾句，後來也把她拉進了黑名單。

繼而，她開始打給前男友的同學、同事、前老闆、現老闆、七大姑八大姨，只要她能找到聯繫方式的，統統打電話控訴一番，告訴他們前男友是現代西門慶，超級大流氓，她曾為他墮胎七次，自殺八次……

這種用生命去毀滅一個人的做法，我也是服了。

這種瘋狂行為在某一天戛然而止。因為前男友打電話來，警告她如果她再繼續胡鬧，就把她的私密照片列印出來，貼到她父母家的社區裡去。

她撲到沙發上，哭得肝腸寸斷。我看著她要死要活的模樣，真是愛莫能助。

大多數人，分手之前總是要互咬一番，不到把臉丟盡不算完。更有甚者，吵一次吵不夠，想起來就跳出來鬧一下。

比如某女星，正與前夫互咬得不可開交的時候，前前夫跳出來神補刀：「人生最大遺憾是遇見你，一生最開心是閃離！」於是女星轉過身來，與前前夫再吵。

誰關心你們誰對誰錯，群眾只想一邊吃雞排，一邊看好戲。你以為是在抹黑別人，其實只是自己在抓屎塗臉。

科學家說，在大腦中，產生失戀痛苦的區域和產生戀愛幸福感的區域是一樣的。失戀後，大腦會重新回到對熱戀感覺的渴望中，但顯然這個要求不能被滿足了。於是大腦就會將這種信號放大，鼓勵主人用各種方法來獲得想要的東西，讓人像得了「失心瘋」一樣喪失理智。而且這種反應，女人要比男人嚴重得多。

難道都是多巴胺惹的禍？

就像一個毒癮頗深的人一樣，失戀的人要戒掉前任，一時情傷難療，急火攻心，都是難免的。

可是，舊日的戀情，覆水難收。李宗盛唱過「我認識的只有那合久的分了，沒見過分久的合」，失去就是失去了，及時止損才是正事。現在你失去的只是一份愛情，如果沒完沒了地胡鬧瞎扯，真不知道你還會失去什麼。

給不了就回頭，得不到就放手，放下包袱路好走，

既然已經失戀了，就不要再失態了。

誰沒有故事呢？我們都愛過，也都散過。愛的時候越濃烈，散的時候越凄清。沒人能幫你收拾殘局，與其跪在一地狼藉上緊緊抓住往事的碎片握得手心出血，不如體體面面地轉身，放棄已經失去的，爭取還能得到的，留一個有尊嚴的背影。

該伸手的時候毫不猶豫，該放手的時候痛痛快快。不會愛誰愛到飛蛾撲火，粉身碎骨，愛到找不著方向，迷失了自己，也不會與誰沒完沒了地纏鬥，搭上自己的大好年華。

我看過一篇散文，叫〈分手時的那個箱子〉，寫一個女人與戀人分手，拉著一個超大的行李箱，幾乎要拖不動了，佝僂著背，散亂著頭髮，踉踉蹌蹌地離開。

這樣一個背影，這樣一種姿態，明明白白地告訴別人——我被拋棄了，我是一個

實實在在的失敗者。

記住，黯然的背影也要充滿尊嚴。

失戀是最好的成長，離合是最好的錘煉。五味人生，悲悲喜喜都是難免的，無論何種情形，腳下的步伐不能亂，姿態不能不堪。人生是一場一個人的旅行，每個人都在路上，昂首挺胸走得漂亮，不僅僅是讓自己的儀態更出眾，更是讓我們成為更好的自己，走出一條幸福的人生路。

去愛吧，
像不曾受過傷害那樣

你勇敢，過去失敗的感情就是座橋，把你渡給更好的人；你懦弱，過去失敗的感情就是把火，把你的世界燒得滿目瘡痍、寸草不生，從此活在荒涼和孤寂中。

「去愛吧，像不曾受過傷害那樣」，看到這句話，一定有很多人第一時間想起那首詩：「跳舞，像沒人看著那樣；熱戀，像從未受傷一樣；唱歌，像無人聽著那樣；活著，就把人間當天堂。」

但是我瞬間想起來的，卻是一部多年前的韓劇《我的名字叫金三順》。劇中的女主角是一個胖胖的女生，叫金三順。

「出生於小餐館家的三女兒」，這就是她名字的來歷。她討厭這個有點土的名字，因為她本人就像這個名字一樣弱爆了——三十歲的母胎單身，既不漂亮，也不苗條，沒有好的家庭背景，學歷也普通。走在大街上，馬上就會被淹沒在人群中，平凡得不能再平凡。

三順交往過一個男友，兩人熱戀三年。但是，男友總是遮遮掩掩，不想被別人發現有她這個女友的存在，最終還劈腿了。三順很受傷很受傷，所以她發誓，以後找男朋友的標準——一定要找一個能跟對方的家長介紹自己「這是我女朋友」，又能很自豪地介紹給自己的父母知道「這是我男朋友」的男人。對別人來說這或許根本不是什麼難事，但是對於她，這個標準看上去好像太高了，高到遙不可及。

三順有很多小毛病，如果在生活中碰到煩心事，她常常靠吃、喝、睡來釋放壓力。她喜歡吃冰淇淋、炒年糕和米腸，還喜歡喝酒，喝多了就會發酒瘋。但是她有一個最大的優點——活得真實、勇敢。她在接受現實的同時也憧憬未來，雖然有些自卑，但能正視自己的感情，可以為了自己認真地度過每一天。在遭遇了發胖、失戀、失業，房子將被抵債，現任男友的前女友回來搶男人等一系列挫折後，她還是能做到努力、勇敢，敢於直接面對「慘澹」的人生，敢於再次交付真心。

當年追這部劇的時候，我說三順有點「二二」●，一起看劇的表姐告訴我，有點「二二」的女人容易幸福。

這話我相信，表姐就很「二二」。當年她在大學的籃球場上看見一個帥哥，就過去搭訕，要了對方的手機號碼，當天晚上就發簡訊給對方「我們談戀愛吧？」帥哥回了個「好」，校園裡著名的高冷男神就這麼成了她的「囊中物」。後來我問姐夫何以這麼輕易應允，他很無辜地說：「因為也沒別人這麼問過我啊！」聽完我就吐了一口老血！

● 有點「二二」：東北話，二是二百五的簡稱，形容一個人在做某件事情時欠缺考慮，或是有點傻氣、愚蠢。

愛是需要勇氣的。
如果一個人在愛情面前，
過於冷靜，過於透澈，過於謹慎，過於退縮，
那麼他註定離幸福很遠。

這滾滾紅塵中，說起人間情事，有多少男女像被油鍋炸過一遍？有幾個人沒受過傷，沒失過戀？

在感情中，鮮有全身而退的人，每個人都會被撕扯下一些皮肉，痛得鮮血淋漓，痛到無法呼吸。一朝被蛇咬十年怕草繩，從此把自己保護得嚴嚴實實、把生命活成一場漫長的療傷的人，只能說是個懦弱的膽小鬼。

人與人之間的差距，不在於誰被狗咬過誰沒被咬過，而在於面對傷痛的態度。
一個渣男就把你打倒再也站不起來，你未免也太看得起他，太看不起自己了。

他從你身上拿走過愛情，拿走過真心，都不算什麼，
如果拿走了你愛的能力和勇氣，拿走了你對生活的熱情，

那才是你最大的損失。

害怕受傷，不敢再愛，就算能規避風險，也失去了生命的樂趣。人活著，有兩件最基本的事：飲食、男女。如果連愛都不敢愛了，那活著還有什麼意思呢？

你勇敢，過去失敗的感情就是座橋，把你渡給更好的人；你懦弱，過去失敗的感情就是把火，把你的世界燒得滿目瘡痍、寸草不生，從此活在荒涼和孤寂中。

治療情傷只有兩樣東西最有效：時間和新歡。

這是真理。

去愛吧，像不曾受過傷害一樣！

不是人人都需要婚姻

隨著年齡的增長，大部分沒找到合適結婚對象的人都會產生一種焦慮，擔心自己這輩子會不會落單，合適的結婚對象會不會都被別人挑走，卻很少有人意識到，婚姻根本就不是人生的必需品。

有一段時間，俞飛鴻上了熱搜，她被網友戲稱為「老男人的照妖鏡」，於是我去看了那一集節目。

一個著名主持人，一個著名作家，兩個老男人輪番對俞飛鴻提問，句句暗藏機鋒，每個問題都直指一件事：身為一個四十多歲的女人，妳為什麼還不結婚？

主持人問俞飛鴻：「妳為什麼這麼長時間了，一直單身到現在呢？」

俞飛鴻說：「我不覺得這是個問題啊。對我來說，單身或者是另一面，婚姻嘛，我不覺得這對於我來說，是一個特別困難的選擇題，我覺得哪個更舒適，就處在哪個階段。」

在對人生的理解方面，兩個男人與俞飛鴻顯然不是同一個等級的。俞飛鴻覺得，單身或結婚是個人選擇，無論在什麼年齡，這都不是一個需要被討論的問題。對於單身，大多數人的第一反應就是寂寞，寂寞久了的人心理容易產生問題，不結婚的人意

俞飛鴻：中國知名女演員，一九七一年生，將近五十歲的年紀，常被媒體賦予「凍齡女神」等稱號，她的感情狀態也常成為大眾關注的事情。

味著不正常。俞飛鴻對此回答：「我身邊很多朋友，她們精神世界很豐富啊。女性單身就會不正常嗎？」

然後，節目拋出了一個問題，這個問題簡直就是大寫的「蠢」，大意是，妳一個人生活，平時就沒有點一道菜不夠吃，兩道菜吃不完，開瓶酒喝不完這種麻煩嗎？

俞飛鴻淡淡地說：「我不覺得這是個問題。」

說到底，婚姻是一種社會關係，不是人的本能需要。婚姻承載了很多功能，但是像俞飛鴻這樣的女人，她的能力和成功使得她對自己生活的承擔遠超一般人，所以婚姻的功能在她面前已經弱化了。說白了，就是她想要的東西，除了愛和陪伴，其他的已經不需要從婚姻中得到了。但是，得到愛和陪伴不一定非得透過結婚啊！大家不都說，婚姻是愛情的墳墓嗎？

不知道男人們是真看不到這一點，還是不願意承認，他們之所以不依不饒地用男權社會的那一套，用結婚與否來質疑一個女人的人生觀，實在是自己內心怯弱的表現啊。

王菲和李亞鵬離婚的時候，李亞鵬說：「我要的是一個家庭，妳卻註定是一個傳奇。」

對於天后來說，自己永遠是第一位的，按自己的想法活著最重要，其他的，統統排在後面。但有些人，在面對離婚的時候簡直如喪考妣，彷彿天都塌了，因為婚姻就是她的命。

可見，婚姻對於每個人的意義是不同的。

有一次跟朋友聊天，感嘆現在的明星怎麼這麼愛離婚呢。朋友說，不是明星愛離婚，而是明星敢離婚。

一個人活得越強大，對於他人、對於婚姻的依賴就越小，有沒有婚姻，對生活的影響不大，不想在一起的時候，自然就不願意將就了。從這個角度來說，明星的生活，反而更純粹。

長久以來，社會文化對於婚姻的描述，放大了人們對於婚姻的需求與渴望，這種長期的滲透，潛移默化地影響著人們對於生活的選擇。

當大多數人都覺得每個人都必須要結婚時，經營親密關係的重點可能就會放在如何順利結婚。就像有句話說的那樣：「不以結婚為目的的戀愛都是耍流氓」。

隨著年齡的增長，大部分沒找到合適結婚對象的人都會產生一種焦慮，擔心自己這輩子會不會落單，合適的結婚對象會不會都被別人挑走，卻很少有人意識到，婚姻根本就不是人生的必需品。

有多少人為了結婚而結婚，又有多少人為了維持婚姻強迫自己忍受不快樂的生活，更有甚者，僅僅是為了擁有婚姻的名頭，結了離，離了結，根本就沒有認真審視自己真正的需要。

冰凍三尺非一日之寒，在今天的社會環境中，喊出「不是人人都需要婚姻」的口號，確實稍顯無力。想要擁有自由的生活，成為人群中為數不多的不一定需要婚姻的「人人」，我們還得先把自己修練得更強大。到了有底氣像俞飛鴻那樣說一句「我不覺得這是個問題」的時候，結不結婚，就真的不是個問題了。

你的生活，不需要別人來定義

不要太聽信別人的意見，很多感情都是被那些「感情專家」毀掉的。別人的經驗取代不了你的人生。不要請別人當軍師，也不要以別人為榜樣。

梅梅與老公冷戰已經半個月了。起因是半個月前的一天，吃過晚飯梅梅叫老公洗碗，老公賴在沙發上不想動，梅梅叫了幾聲不見回應，心頭火起，抓起一只瓷盤摔了個粉碎，兩人便陷入了僵局。

梅梅的閨密們蜂擁而至，紛紛獻計獻策，大公無私地將自己的馭夫術傾囊相授。這個說：「太不像話了，剛結婚就對老婆這樣，他搞不好在外面有人了。」那個說：「愛情是需要保衛的，妳要想辦法保衛自己的愛情啊。」還有一個接著說：「再不聽話妳去他爸媽家鬧，一定要把他的猖狂掐死在萌芽狀態。否則，你們的婚姻就危險了。」聽她們你一言我一語的，梅梅心中對丈夫的怨氣也越來越多。在閨密們的大力慫恿和熱血鼓舞之下，梅梅相當強勢地處理了這件事，率先動手把一個耳光甩在老公臉上。沒想到老公竟然提出了離婚，這下梅梅傻眼了。

痛定思痛，梅梅真誠地向老公承認了自己的錯誤，並向他懺悔自己不該盲目地聽信閨中密友的「招數」。老公得知她是被幾個好友「遙控」了，又氣又恨地在她的額頭上狠狠地戳了一下：「妳怎麼這麼糊塗，清官難斷家務事，怎麼能別人怎麼說妳就怎麼做呢？」

其實，在婚前，梅梅和老公就差點被閨密「拆散」。梅梅是個看重友情的女孩，幾個閨密比她年長一些，社會經驗也比她豐富一些。因此，同樣的一件事情老公講，梅梅未必信，但是閨密講，梅梅絕對是死心塌地地相信。

有個閨密婚姻生活不太幸福，離過婚，對愛情、婚姻的看法也比較負面。梅梅快結婚的時候，與老公因為辦婚禮要「租什麼樣的禮車」鬧了點意見不合，梅梅一生氣就跟這位閨密提了這件事。這位閨密立刻把梅梅臭罵一頓：「當初就勸妳，那男人肯定不是好東西，這麼小氣的男人妳居然還要嫁給他，這種婚姻註定百事哀……」弄得梅梅好幾天都不接老公電話，婚禮差點「夭折」。

老公心裡積怨難消，終於有一天，幾個閨密又跑到梅梅家裡嘀嘀咕咕的時候，老公衝過來說：「拜託妳們先管好自己家的事，別管我家的事了。」

不要太聽信別人的意見，很多感情都是被那些「感情專家」毀掉的。與老公意見不合時，向閨密討教的本意是想透過向朋友取經，來經營自己的婚姻。可是事實恰恰完全相反，有些「招數」真不能全信，不然一個不小心就有可能會毀掉自己的婚姻。

請記住：別人的經驗取代不了你的人生。不要請別人當軍師，也不要以別人為榜樣。婚姻幸福主要掌握在自己手中，保持一種內心的穩定最為重要。

―✳―

小麥與老公是大學同學，談戀愛的時候，這個獅子座的男孩就表現得有點專橫，但小麥卻覺得自己就是喜歡他的這種「霸氣」。兩人大學一畢業就結婚了，結婚後，小麥在報社上班，老公考上研究所。小麥一直努力工作，維持自己和老公的生活開銷，雖然偶有摩擦，卻沒有太大的矛盾，日子過得還可以。三年後，老公研究所畢業，小麥覺得以後家裡多個人賺錢，生活品質應該可以往上一階了，可是沒想到，拿到碩士學位的老公一直高不成低不就的，始終沒找到理想的工作。雖然小麥心裡也著急，但她依然任勞任怨地工作、生活兩手抓。

一年多以後，老公終於找到了合適的工作，小麥很高興，開開心心地生了兒子。本以為苦盡甘來，自己這次終於可以喘口氣歇歇了，沒想到老公工作剛穩定，就開始在網路上和亂七八糟的女人聊天，用自己那點小聰明去「勾引」那些恨不得能早點嫁人的單身女郎。

有一次，小麥無意中看到他的聊天記錄裡赫然寫著那些肉麻的情話，以及對她的貶低和侮辱，她氣得差點沒暈過去。在聊天記錄裡，老公對別的女人說，自己對老婆是沒感情的，跟她在一起也就是因為她能在他「創業」的時候幫他養家，幫他帶好孩子。他甚至還對她們說，他和老婆已經分手了，說和老婆的性格不合，說老婆性冷感……很多很多，唯一的目的就是博取其他女人的同情。最可恨的是，他竟然還在小麥帶孩子回娘家看望母親的那幾天約別的女人來家裡幽會。

知道這些後，小麥手腳冰涼，想想這個與自己戀愛三年，一起生活了五年多的男人的表現，她再也不想忍了，憤而提出離婚。

沒想到，兩口子鬧離婚的消息一傳出去，親朋好友都上門來勸，婆婆哭得鼻涕一把淚一把自是不必說，其他人也勸：十年修得同船渡，百年修得共枕眠，離婚哪能如此草率，誰的婚姻不是跌跌撞撞的，為了孩子妳就忍忍吧，妳忍心就這麼把家拆了嗎……

小麥很鬱悶，明明錯不在她，怎麼現在要拆家的那個人，反而是她了？

生活如人飲水，冷暖自知，別人的苦需要別人實實在在地去承受，上下嘴唇一碰，拿出「婚姻都是跌跌撞撞的」、「每個人從小就是這麼過的」當作依據來不負責任地勸和不勸分的，都是典型的站著說話不腰疼。

生活中，每個人都是場上的運動選手，誰都當不了別人的裁判，每個人都有自己選擇生活方式的權利。
身為當局者，在面對婚姻問題時，
應該更要從自身的情況和責任出發去做決定，
而不是輕易地接受他人對自己想法和情緒的影響。

—✳—

社會學家發現了一種現象，婚姻問題有時真的像「骨牌效應」一樣會傳染。假如在一個朋友圈子裡一對夫妻離婚了，那其他的夫妻也很有可能會離婚。或者是，一個人委曲求全，大家也都委曲求全。這說明，人在社會相處中是容易相互影響的。

當婚姻出現危機，彼此都不再信任對方的時候，會感覺整個婚姻都不在自己的掌控之中，覺得自己目前擁有的一切隨時都會告吹。此時，婚姻對他們來講是不安全的。於是，為了尋求安全感，大多數人會本能地向周圍有類似婚姻問題的人群尋求幫助，希望找到解決問題的辦法。所以，當被求助一方的大多數人找到一種解決婚姻危機的「安全」辦法時，其他人難免會效仿。

托爾斯泰說：「幸福的家庭都是相似的，不幸的家庭各有各的不幸。」每個家庭都有自己的個體情況，別人解決婚姻問題的方法未必能套用到自己的婚姻上。因此，你的婚姻生活是好是壞，並不需要別人來定義，更要拒絕別人摻和。

生不生孩子，只能由你和丈夫來決定

我只是想在有限的生命裡盡量擁有各種體驗，因為生命畢竟是不能重來的奢侈品，最後走的時候，透天別墅、錢什麼的，什麼也帶不走，能帶走的只有自己一生的體驗。

生孩子這件事該由誰來決定？這個話題，我的一個同學阿琳，相當有資格來發表意見。因為她就是由堅定的「頂客」一族，到最後生了孩子的那一類人。

不想生小孩的決定是戀愛時就跟老公談好的，當時老公也同意了。老公任職的公司有外派的制度，每個人隨時都有可能被派到國外工作，也許與這個因素有關，所以老公身邊的很多同事都是頂客族，耳濡目染之下，老公覺得頂客也蠻好的。

然而，阿琳這邊卻很快就遭遇了史上最激烈的催生運動。兩人剛度完蜜月，熱心阿姨就三天兩頭打來電話：「打算什麼時候要生寶寶？你們小夫妻現在用什麼方法避孕呢？」逼得阿琳在公司的辦公間裡回答「保險套」三個字時也面不改色。

每逢家庭聚會，姑姑阿姨們一見面就盯著她的肚子看，恨不得能看出個花來。結婚三年以後，不但親戚朋友冷眼旁觀，就連親媽都沉不住氣了，常常恨鐵不成鋼地教導她：「妳身體還可以嗎？沒事少熬夜，天天吃垃圾食品能懷孕嗎？」

婆婆更是恨不得每週給她做一次十全大補餐，雞、鴨、魚肉等各色菜餚擺一桌，營養搭配得極講究，隆重得像接待外賓。

每次她表達感恩之情，婆婆都大氣地說：「沒事沒事，以前在鄉下，母雞下蛋的時候還得添點好料呢！」

這都什麼情況！

逢年過節，親友送的蜂王漿、滴雞精都能塞滿櫃子。大家都諱莫如深卻又意有所指地說：「調理調理，調理一下總是好的，呵呵。」

雖然阿琳不是一個會被別人操縱生活的人，但被人如此密不透風地關注著自己的私生活，這種感覺確實令人不爽。

轉變發生在第四年，有天阿琳給我打電話，突然說：「有點想生一個孩子了。」

「扛不住了？」我幸災樂禍地調侃她。

「不是，」她說，「因為對生活的理解發生了一點轉變。不是有那麼句話嗎？沒憂鬱過，不懂得什麼叫真正的絕望；沒生過孩子，不知道什麼叫真正的疼痛。」

「沒聽懂，妳是憂鬱了，還是想疼痛？還是說，沒生過孩子就不懂得人生？」

「都不是，我只是想在有限的生命裡盡量擁有各種體驗，因為生命畢竟是不能重來的奢侈品，最後走的時候，透天別墅、錢什麼的，什麼也帶不走，能帶走的只有自己一生的體驗。」

「說得好像您有透天別墅似的。」

調侃了一會兒，我們掛了電話，但是她的想法，我非常理解。

阿琳是一個有主見的人，如果她決定生一個孩子，一定是出於自己的本心，而不是受其他外界因素的影響。

最重要的是，在這種人生大事上，她能跟老公達成一致。生或者不生，都是兩個人慎重考慮的結果。

「生養一個小孩」這個決定，是夫妻倆經過認真的思考和討論共同做出的。孩子出生以後由誰帶、學區的問題怎麼解決、教育基金如何儲蓄等，他們都是有計劃的。因此，他們是以充沛的感情和理性的規劃來迎接自己的孩子的。他們完全明白，生孩子自始至終都是自己的事，與任何人無關。

不是說必須得替生孩子這件事找一個理由，無論你是「體驗式生子」、「養老式生子」，還是「愛情結晶式生子」，這些都不重要，大多數人生孩子不需要理由，重要的是「生」或者「不生」，是否都是出於自己的決定。

不是所有人在生孩子這件事上都能做到像阿琳這樣思路清晰，有多少夫妻在催生壓力面前丟盔棄甲，把日子過得焦頭爛額。

以前看過一部電影，女主角被婆婆催著生孩子催到崩潰，恰巧老闆交代了一個重要的案子，許諾她只要她把這個案子做完就給她升職。「生」還是「升」？她面臨兩難的選擇。兩個選項都很難捨棄，冥思苦想之後她有了一個兩全之策，因為新專案需要一年多的準備時間，如果她能在一個月內迅速懷孕，那她就可以趁懷胎十月的時間做好準備，然後她就可以休產假了，休完產假回來正好開展新專案。這個計畫非常完美，幾乎可以說無懈可擊。然而，計畫雖好，但是要在一個月內懷孕卻是一個相當有難度的任務。時間緊、任務急，她和老公百般折騰，排卵試紙買了一大堆，天天含著體溫計測溫度，各種補藥、補湯不離口，結果天不遂人願，在關鍵時刻，她老公竟然因為壓力太大而疲軟了。雞飛狗跳地忙了一場之後，她不但沒有順利懷孕，還被別有用心的同事趁機奪走了升職的機會。

很多人難以放鬆下來都是因為這種情況，生活、工作兩頭挑，需要兼顧的事太多，顧得了這頭顧不了那頭。

其實，越是這種時刻越要頭腦清醒，尤其是在生孩子這種人生大事上，怎麼可以讓別人來安排你的時間表呢？

—※—

有一個非常著名也非常無聊的問題，想必很多男人都遇到過：我和你媽同時掉進水裡，你先救誰？

忘了在哪裡聽到過一個答案：如果在生孩子之前，我會先救我媽，因為她是我媽；如果在生孩子之後，我會先救老婆，因為她是我孩子的媽。

為什麼？沒有為什麼，如果非要問為什麼，只能說這是人的本能吧。

上帝給予我們很多的屬性，都是為了保證人類的繁衍。在養育孩子這件事上，只有老婆是最有力的戰友，所以男人會下意識地選擇救他孩子的媽一點也不奇怪。

沒生孩子之前，你以為會有很多人幫。

「早點生，趁著我們還不太老，還能幫你們帶。」

「生一個吧，就當是給他爺爺奶奶的『玩具』。」（這是我這輩子聽過最大的玩笑。）

「就借妳的肚子用一用，十個月後妳該幹麼幹麼去，孩子不用妳操心。」

類似這樣的話，很多遭遇過催生的人都聽過。他們都有一個感慨，生之前，似乎身後站著一個龐大的親友團，真生出來你就會發現，別人基本上都是打醬油的。

不是人家不能兌現承諾，而是生一個孩子出來，真的不只換換尿布、泡泡奶粉那麼簡單，從孩子出生到孩子三四歲這個階段，確實累人，而且那還只是萬里長征的第一步。俗話說，養兒一百歲，長憂九十九。一個孩子的成長，既有普世的規律，也充滿無數個體的問題，幼稚園、升學、青春期……每一步都面臨著無數的難題和巨大的責任，在這個過程中，別人不斷慢慢退場，只有父母不但不能「下班」，還要聯手作戰，同心協力把孩子撫養長大。

這個過程苦樂交織，巨大的辛苦和巨大的幸福，也只有為人父母者才能體會。把一個生命帶到這個世界上，是夫妻兩人的工作，也只有這兩個人能對這件事負全責。

蔡康永說：「所有人設都有下班的時候，只有父母這個人設是不下班的。」

所以，生不生孩子，只是夫妻倆自己的事，旁人，謝絕發言！

你不必成為婚姻的守護者

生活是複雜的，總有一些人出於各種各樣的原因與「另一些人」結了婚。如果有一天你發現，在婚姻中，原來你才是「另一些人」，該怎麼辦呢？

阿麗是個全職太太，有一天逛街，路過老公工作的地方，突然心血來潮想要進去看看。她老公是個大學老師，當時正在上課，阿麗就坐在老公的辦公室裡等他。等得無聊，看見老公的電腦開著，就想上上網，沒想到一打開桌面，就發現上面有個奇怪的資料夾，名字是「昆明記憶」，「老公什麼時候去昆明了？」阿麗隨手點開資料夾，不禁驚呆了。裡面是老公和一個年輕女孩的合影，背景正是雲南的山水美景。

一時間，阿麗心裡百感交集，五味雜陳。她從老公和那個女孩對視的視線中，看到了一種叫愛情的東西。他們看起來如此親密，又如此默契。阿麗在和老公十年的婚姻中，從未在老公臉上見過這樣的神采。阿麗從那些光彩照人的照片中就能感覺到，他們並不是逢場作戲，而是有感情的。

在外人眼裡，阿麗的老公是個好男人，事業有成，人品出眾，是個好丈夫、好父親，但是有些事情只有夫妻兩人能感覺出來。雖然兩人一直相敬如賓，但只是像親人一樣在一個屋簷下生活，依靠善良的本性和對家庭、對孩子的責任感維持著婚姻。阿麗知道，他從來就沒有愛過她。也許他們的婚姻從一開始就是個錯誤，但是兩個人心照不宣地，或者說小心翼翼地共同選擇將這個錯誤維繫下去。雖然老公竭力掩飾自己對婚姻的不滿意，但是阿麗能感覺出他的壓抑、隱忍和不快樂。

阿麗想了整整一個月，想通了以後，她主動找老公深談了一次，老公也沒隱瞞，說出了他與那女孩的事。阿麗平靜地說：「我們離婚吧。」

老公同意離婚，孩子和財產方面也沒有什麼糾紛，兩人很快就辦妥了離婚手續，算是為十年的婚姻畫上了一個還算圓滿的句號。

阿麗說，雖然他們離婚了，可回顧十年的婚姻生活，她並沒有怨恨，更多的反而是感謝。她感謝丈夫在遇到了心動的人之後，沒有義無反顧地離開，而是繼續留在這個家裡。這對於他的人生來說，其實是一個很大的犧牲。

香港知名作家亦舒在一篇小說裡說過：「我們愛的是一些人，與之結婚的，是另一些人。」

生活是複雜的，總有一些人出於各種各樣的原因與「另一些人」結了婚。如果有一天你發現，在婚姻中，原來你才是「另一些人」，該怎麼辦呢？

生活中，確實沒有幾個女人能做到阿麗這樣，一旦發現對方不愛自己就果決地離開。不知道什麼時候，也不知道到底是誰給「婚姻」這個詞，安上了「守護」這個定語。似乎女人一結婚，家就不但是個生活的地方，同時也變成了戰鬥的地方。

女人要守護婚姻，要防範外敵，要時刻警惕，要防微杜漸，以保自己的生活平安無虞。「守護婚姻」成了女人在照顧家人，養育孩子之外的另一大使命。

殊不知，如果伴侶無法給你安全感，其實婚姻的品質已經堪憂了。如果用盡全身解數守住的也只是婚姻的殼，而內裡的核早就沒了，又有何意義呢？然而，很多女人即使心知肚明，也還是要裝聾作啞。畢竟，即使只剩下了殼，也還是可以為她們遮風避雨，保她們衣食無憂。

人都有過安穩日子，好好活下去的本能。

苦苦維繫婚姻，本質上是一種人生路上的掙扎求生。

同樣都是求生，還有沒有更好的出路？

—✳—

詩人徐志摩的感情經歷，這麼多年來一直被後人津津樂道。為什麼呢？

我覺得主要是因為與他有過情感糾葛的三個女人不但聲名在外，而且性格迥異，對待感情的態度也截然不同，所以三段感情的走向也完全不同。她們每個人都是一種類型的代表，都能帶給後人啟發。

三個女人中，張幼儀是徐志摩的原配妻子，他們的婚姻持續了七年。她出身於書香門第，接受過良好的教育，卻始終不得徐志摩的歡心。她與徐志摩的婚姻，用男方的話來說就是「媒妁之命，受之於父母」。

第一次見到張幼儀的照片，徐志摩便不屑地說：「鄉下土包子！」婚後，徐志摩對她仍舊是這種滿不在乎的態度。用張幼儀自己的話說：「除了履行最基本的婚姻義務之外，對我不理不睬。就連履行婚姻義務這種事，他也只是遵從父母抱孫子的願望罷了。」

在兩人生下長子後，迫於家庭壓力，在國外留學的徐志摩把張幼儀接到了國外。剛剛與丈夫團聚的張幼儀沒有想到，此時的徐志摩正在瘋狂追求林徽因，並且很快就向她提出離婚，而當時的張幼儀已有兩個月的身孕。徐志摩得知後，不但不為所動，還指示她「把孩子打掉」。張幼儀擔心打胎會有危險，徐志摩竟說：「還有人因為坐火車死掉的呢，難道妳看到人家不坐火車了嗎？」

張幼儀不答應打掉孩子，也不同意馬上離婚，徐志摩竟然一走了之，把她一個人撇在沙士頓。次子出生後，張幼儀不得不與徐志摩在柏林簽字離婚，簽好離婚協議後，徐志摩跟著她去醫院看望了小兒子，「把臉貼在窗玻璃上，看得神魂顛倒」，但是他始終沒問張幼儀準備怎麼養孩子。

在與徐志摩一起生活的時候，張幼儀怕離婚，怕受到丈夫的嫌棄，無論是出於家族的壓力還是自身的願望，她都想竭力守住自己的婚姻。事實上，她也確實為這件事努力了一輩子——即使在她失去徐夫人的身分之後。

被拋棄後，她仍然在為徐志摩付出感情。回國後，張幼儀認徐志摩父母作乾爹乾娘，照樣服侍前夫的雙親，前婆婆在她那裡「各事都舒服，比在家裡還好些」，並且用心撫育她和徐志摩的兒子。臺灣版的《徐志摩全集》也是在她的策劃下出版的，為的是讓後人知道徐志摩的著作。到最後，徐志摩搭飛機不幸遇難，連後事都是她一手料理的。

當時，徐志摩愛過的另外兩個女人，一個託人到現場撿了一塊飛機殘骸掛在床頭作紀念，另一個則閉門不出，拒絕接受事實。

張幼儀送走前夫最後一程，在以後的日子裡，還不斷接濟他的遺孀陸小曼。

可以說，張幼儀為她的婚姻，為這個男人守護了一輩子。離婚以後，她仍活在自己製造的隱形婚姻裡。

她又得到了什麼呢？

縱然徐志摩非常感激她，但終生不曾承認過愛她。這並不是說誰不愛誰就是錯的，而是遇到不愛你的人，就算你做得再多，也於事無補。不愛就是不愛，又能怎麼辦呢？

張幼儀明明白白地知道徐志摩不愛她，那麼她對他的感情到底如何呢？有人問她愛不愛徐志摩，她是這樣自述的：「你總是問我，我愛不愛徐志摩。你曉得，我沒辦法回答這個問題。我對這問題很迷惑，因為每個人總是告訴我，我為徐志摩做了這麼多事，我一定是愛他的。可是，我沒辦法說什麼叫愛，我這輩子從沒跟什麼人說過『我愛你』。如果照顧徐志摩和他家人叫作愛的話，那我大概愛他吧。在他一生當中遇到的幾個女人裡面，說不定我最愛他。」

作為一個妻子，她大概可以被冠以「賢慧」之名，但身為一個女人，這可能是一種糊塗的感情觀。

後來張幼儀為自己打了一個生動的比喻：「我是秋天的一把扇子，只用來驅趕吸血的蚊子。當蚊子咬傷月亮的時候，主人將扇子撕碎了。」

如果說張幼儀的婚姻悲劇是受時代的束縛，像很多舊時女子那樣一旦嫁人，便一生都不得不依附於這個男人和家庭，那就錯了。事實證明，張幼儀做得到獨立、自強。離婚後她進入裴斯塔洛齊學院學習，專攻幼兒教育；回國後她開辦雲裳公司，主政上海女子商業儲蓄銀行，成為令人矚目的新女性。這一樁樁一件件，你能說她是完全依附於男人而活的女人嗎？

但是，她還是為了一種自己都認不清楚的感情付出了幾乎整整一生，直到三十年後才再次結婚。

這樣的一個女人有令人尊敬的地方，同樣也有讓人不理解的地方。男人、女人都可以享受選擇的權力，同時也保持著被選擇的姿態。女人在眾人面前流下淚水，別人會給予她多少真實的同情呢？選擇是雙向的，你完全可以走啊。你不走，那就說明是你自願的，怪不得別人。

如果人生可以重來，給張幼儀一個重新選擇的機會，你覺得她會怎樣做呢？回顧張幼儀的一生，她在事業上無疑是非常成功的，或許她唯一需要改變的，就是早點走出舊的情傷，享受新的感情。

用盡一生的精力去守護已經易主的土地，不如及時調轉馬頭，重新開疆拓土，尋找自己的新天地。

或許人人都不願輕易放棄已經握在手裡的東西，去追求一個遙遠的未知，但如果緣分已盡，還是及早放手為好，否則只會傷人傷己，既沒有美滿的結局等你，又白白蹉跎了似錦年華。

緣盡難再續，如果張幼儀能像徐志摩寫的那樣，「輕輕的我走了，正如我輕輕的來；我輕輕的招手，作別西天的雲彩」，那麼身為一個女人，她的一生是不是能更幸福一些？

好的婚姻，需要兩個人共同經營，白頭到老不應該是個目標，更不能是個目的，而應該是兩個人發自內心的願望。婚姻這種東西，必須要歷經漫長歲月的洗禮、平淡日子的考驗，方得真諦。僅憑女人一己之力來守護，即便守住了，怕也要心力交瘁。

「馬太效應」●無處不在，有時一個人擁有的越少，手裡的東西反而越會被奪

●馬太效應：Matthew effect，名字來自於《聖經》馬太福音中的一則寓言。是指好的愈好，壞的愈壞，多的愈多，少的愈少的一種現象。

走。一個人越是倚重婚姻，婚姻就越容易出現危機。

最好的防守就是主動出擊，你不必時刻擔任婚姻的守護者角色，只要好好經營自己的人生就好。生活一旦有了更多的保障和選項，婚姻自然可以固若金湯。

在電視上看到記者採訪劉嘉玲，說像梁朝偉這樣人人都愛，其實並不一定好相處的人，在生活中怎樣才能駕馭呢？

劉嘉玲說，對丈夫，最完美的控制，就是不控制。

同理，我覺得，對婚姻，最完美的守護，就是不守護。

心靈自由，肉體才會青春

真正的智者，都懂得享受生活本身的樣子。認可自己，也認可自己的活法，沒有糾結，沒有搖擺，就是這麼自由、坦然地活著。這樣的人，時間就在他們身上放慢了。

我有一個厲害的本事，就是猜人的年齡特別準。

一個做化妝品銷售的朋友，有一次得意揚揚地拿出幾張照片給我看，想炫耀客戶用了他們的產品效果多麼神奇，今年二十明年十八。

「就這個，」她指著一張照片說，「不老辣媽，妳能猜到她多大我佩服你！」

「三十五。」我平淡地說。

「這個呢？凍齡美女。」

「四十左右。」

「再看看這個，是不是少女感十足？」

「三十出頭吧。」

「嘿，妳怎麼看出來的，我怎麼覺得看起來都像二十五？」

秘訣只有一個，不管她們是真的保養有術，還是動了刀打了針，或者把照片P得連親媽都認不出來，臉上總有一個地方瞞不住年齡，那就是眼神。

永遠不要指望一個三十歲的人，有二八少女的眼神。

過往的歲月，都寫在眼裡。

什麼樣的人，才會真的由內及外地顯得年輕呢？

如果說青春有張不老的臉，我覺得把自己稱為「老徐」的演員徐靜蕾才算是當得起。

一位作家這樣描述她：「她身上那股活靈活現的少女氣質，能衝破任何既定的條條框框，隨時準備好給世界帶來驚喜。」

年過四十的徐靜蕾，看起來確實還像個文藝女青年一樣，這麼說來，時光真的特別溫柔地照拂著她。

我看過她為了宣傳電影做的一個訪談，她這樣說自己：「我覺得自己很幸運，在這樣的年紀，還能過自由自在的生活，可以有很多時間做自己喜歡的事情，不用為了錢焦慮，也不用為什麼事特別著急……」

可能二十歲的人聽了這段話會無感，但是我感觸很深，大多數成年人的生活，如果能同時達到這幾項，那簡直就是上輩子拯救了整個銀河系。

有人說，徐靜蕾的生活可以用三個詞來形容：不被束縛，自由廣闊，人間冒險。真的是心靈自由，肉體才會青春。

我加入過一個健身打卡社團。裡面的人都很拚命，有一個月練出馬甲線的，有持續瑜伽健身十年以上的，有精通養生美容知識的，有保養品堆成山不缺錢的……

影片裡的她們，確實都很美，狀態很好，容光煥發，但是難掩滿滿的熟女氣質，並不比實際年齡顯得年輕多少。

從她們洗版聊的那些話題中不難看出，她們把大量的時間和精力都用於保養臉蛋，不停地像個小白鼠一樣試驗著各種醫美手段，個個都是美容狂人，不美毋寧死啊！

我看過一部電影叫《女伯爵》（The Countess），據說是根據真實事件改編的。劇中的巴托里伯爵夫人出身名門，但她同時也是歷史上殺人數量最多的女性連環殺手，被稱為「血腥伯爵夫人」。她相信處女的血液能使她保持年輕，因此痛下殺手。她發明了很多稀奇古怪的機器，放在城堡的地下室裡，用來提取處女的血，供自己沐浴或者飲用。據說有幾百個女孩被這位女伯爵殺害，她的城堡附近，扔滿了少女的屍體。

真是令人毛骨悚然。女人為了年輕，可真是什麼事都做得出來！

強撐著美，是一種執念。人有任何執念，都是一件很累的事。

一代文藝女神安妮寶貝（現在改名叫慶山）說過一句話：「不把自我認知局限在肉身與色相上。」

本來是為了追求年輕，卻反而被這個願望束縛住了心靈，豈不是得不償失？

楊瀾說：「所謂對自己好一點，不只是美個容、喝杯奶茶什麼的，更是應在心理上對自己多寬容、多肯定。」

真正的智者，都懂得享受生活本身的樣子。認可自己，也認可自己的活法，沒有糾結，沒有搖擺，就是這麼自由、坦然地活著。這樣的人，時間就在他們身上放慢了。

所以，不老傳說常常發生在心靈自由的女人身上，儘管我們不過分強調外表，然而外表表露的往往也是一個人的內心。

三十歲後，氣質比長相重要

三十歲之後，她就不再喜歡別人叫自己「美女」，尤其是在職場，她更介意自己看起來是不是專業，是不是得體。三十歲後，氣質比長相重要。

說到氣質，我腦海中最先浮出的記憶並不是哪位美女俊男，而是一位老人。

那還是我上中學的時候，學校門口有一間收發室，無論冬夏，都是一位頭髮花白的老人在裡面值班。夏天的早上我去學校晨練，看見她在操場上一招一式地打太極，等我跑完步，她也練完了，坐在門口休息，手裡端著一個剔透別致的玻璃罐子，裡面是剛泡好的碧綠新茶。她總是穿著一塵不染的白布褂和煙灰色的褲子，裁剪極為合身，顯得腰身還很纖細。而褂子上的盤扣，竟然是她自己動手做的。

晚上的晚自習結束，我推著自行車路過收發室，從窗口看進去，老人正在暖黃的燈光下有模有樣地練書法。窗臺上整整齊齊地擺著很多柳條編織的盒子，裡面分門別類地放著老師和學生的信件。這些盒子都是老人手工編織的，用來裝信，好像信封上都沾染了春天的氣息。

當時我說不出老人有什麼魅力，只覺得她與眾不同，儀態特別美，衣著特別整潔，屋子裡有很多別致的工藝品，寫一手漂亮的字，說話輕聲慢語，態度可親。在書聲朗朗的校園裡，有這樣一個老人，似乎時光都變得靜美悠遠了。

過去了這麼多年，老人的樣子早已模糊了，但她身上那種卓爾不凡的氣質，卻深深地留在我的記憶裡。

一個做HR的朋友告訴我，很多企業在招聘的時候，往往把面試地點設在一個很大的房間裡。求職者從進門到走到面試官面前，要有一大段距離。這樣設計的目的，就是觀察求職者的氣質。

她說，可以透過一個人的氣質推斷出很多東西，比如經濟背景、性格、感情、精神狀態、生活習慣等。「想要面試成功，氣質是很重要的。有時候，我們看一個應聘者走上前來時是否從容、優雅，就能決定是否錄用。」

另外一個朋友跟我說過一件事情。

她就職的企業是一家規模很大的上市公司，董事長想要請人寫一本企業傳記，前來洽談的出版公司很多，最後他們鎖定了兩家，一家在業內赫赫有名，位於杭州，曾為很多知名企業寫過書；另一家規模稍小，但是經驗也比較豐富，而且就在北京，溝通交流起來比較方便。

她公司的主管在同一個上午的時間裡先後約談了他們兩家。杭州那家為了趕時間，見客戶那天乘坐的航班是早上四點的「紅眼航班」，落地後一行人很是疲憊，沒來得及休整就匆匆前來，整個團隊看上去精神有點渙散，狀態都不太好。北京的這家大概是距離近，不用奔波，所以精神狀態好一點，但是在講解簡報的整個過程中，主管一直眉頭緊鎖，直到一個女性撰稿者發言，局面才有所好轉。

後來，主管說：「我提問的時候，她一直在本子上記錄，做事態度很好，而且看起來溫文爾雅，有點書卷氣，像是個作者的樣子。我們這本書的文筆需要精緻一點，我覺得她的氣質比較符合。」

大家都以為這一單最終給了北京公司是因為他們的簡報做得好，報價比競爭對手低。其實誰都沒有想到，「氣質比較符合」這一點竟然成為決定性因素。

這個朋友對我說，三十歲之後，她就不再喜歡別人叫自己「美女」，尤其是在職場，她更介意自己看起來是不是專業，是不是得體。三十歲後，氣質比長相重要。

—✳—

有一次，美國總統林肯親自面試一位應聘者，卻沒有錄用那個人。幕僚問他原因，他竟然說：「我不喜歡他的長相！」幕僚們覺得這不應該是理由，總統也是外貌協會的？況且林肯本人也不是多麼英俊。「難道一個人天生的不好看，也是他的錯嗎？」幕僚問。林肯回答：「一個人四十歲前的臉是父母決定的，但四十歲以後的臉是自己決定的，他要為自己四十歲以後的長相負責。」

轉念一想，林肯這話也不無道理，就像成語說的「相由心生」，我覺得林肯挑剔的，不是那個人的五官，而是他整體給人的感覺。一個人的高矮、五官都是DNA決定的，但其談吐、舉止、文化、氣質等方面完全可以靠後天的修煉來完成。雖然身體髮膚受之父母，但這張臉讓人看後是何感覺，卻是要發於己心。

一個人的氣質比容貌更容易引起矚目。有些人的容貌、身材等硬體都不錯，可是一張嘴、一邁步，就不敢恭維了，「氣質」特別刺眼，即便是貌比西施貌若潘安，也得減分減到六十分以下，根本就不及格。

清末戲劇家李漁說過，女人有態，三分漂亮可增加到七分，無態則七分可降到三分。女人之態如燭之光、火之焰、金銀珠玉之寶氣。這個態，就是氣質，像光，像焰，像珠寶散發的寶氣，看似無形，實則有形，就在一個人的一顰一笑、一舉手一投足裡。

很多人不拘小節，並不是因為做不到，而是覺得沒有必要。我在電梯經常發現有些中年婦女會把手伸進衣服裡搔癢。可能在她們心裡，監視器也好，同乘電梯的人也好，都沒什麼要緊。很多人就是在這樣對自己一點一點地放縱中，與好氣質漸行漸遠。

其實，培養好氣質沒有那麼難，但肯定也不是一件一蹴而就的事。一個人的氣質，是在日復一日的時光中浸淫出來的。

好氣質不是一次特別場合的特殊表現，
而是日常生活中諸多習慣的累積和培養。

✳

英國作家斯蒂芬．柯勒律治在給孫子的信中寫道：「優雅舉止是一個人無私品質有目共睹的證據，絕大部分源於心靈而非大腦。最佳的舉止莫過於渾然天成，沒有一絲做作的痕跡，並且完全處於忘我狀態，要警惕自己習慣中形成的任何馬虎隨便，從一開始就要抵制它。一個紳士即便自己獨處時也應該保持自重，不該放任絲毫衣著或者舉止的怠慢，不可因為除了僕人沒人會看見他穿著臥室的拖鞋就來吃早餐。那意味著邋遢的開始，而這種邋遢本該在整理好凌亂的床鋪後開始吃早餐時就終止。如果任由自己的肉體墮入低級的玩世不恭狀態，你的整個人格就會低俗起來。」

三十歲後，可能再難保持顏值巔峰，這是個壞消息，好消息是氣質卻是可以不斷進階的，它可以讓你看起來越來越舒服。先從戒掉不良的嗜好開始，建立良好的生活習慣，讓自己更健康、清新，擁有神清氣爽的宜人狀態；培養一個業餘愛好，閒暇的時候看看電影，讀讀書，健健身，把房間整理得整潔舒適……這些，並不是很難做到吧？

除了優雅的舉止、得體的談吐，

人最高級的氣質，本質上來源於對生活的洞見、感悟和態度。

歲月從不敗美人，那些驚豔了時光的人，都擁有這種高貴的氣質。當一個人能做到不以物喜不以己悲，無論外界怎麼對待自己都能淡然處之安之若素，始終擁有完整的自我時，氣質就會像一件最美的華衣，悄悄地披在你身上，使你無論處在什麼境遇中都能美得令人不敢逼視。

人群中相貌一般但氣質不凡的人有很多。即使不是天生麗質，我們也可以透過後天的元素為自己加分。這種內外兼修的氣質，比容貌的美麗更加打動人心，而且是一個人一生的光芒，歷久彌新，永不褪色，任時光也無法剝奪！

優秀的女人，都有點男子氣概

只有在同時具備男女兩性的特質時，自我才是完善的。這種結合了男女兩性優點的人格特質，被稱為「雙性化人格」。這是一種超越傳統性別分類，更具有積極潛能的理想類型。

我經常會在小圈子裡發起一些聚會，大家輪流請客，一個月一次。有段時間，我發現一個叫玫玫的女生不來參加了。問起來，大家說她家裡有點事。

一直到兩年之後，玫玫才重新出現在聚會中。細談起來，才知道這兩年，她簡直經歷了一番冰火兩重天的人生考驗。

兩年前，玫玫新婚，老公是博士，青年才俊，一表人才，對這段婚姻，人人稱羨。可是生活總是會開玩笑，不知怎麼了，老公莫名其妙地得了憂鬱症，最嚴重的時候甚至無法正常生活和工作。當時玫玫還懷著孕，老公又停工，家裡一下子失去經濟收入，一時之間連房貸都還不上，別提有多憂心了。

所有人都覺得玫玫會崩潰，甚至有人勸她趕緊離婚，不值得為了誰搭上自己整個後半生。

可是玫玫冷靜地考慮了一天以後，有條不紊地做出安排，她賣了房子，還完銀行貸款後還能剩下一筆錢，她拿出一部分給老公治病，一部分投資好朋友的麵包店，剩下的錢她自己開了個網店創業。

說起來是寥寥幾語，但當時的玫玫是一個需要別人照顧的孕婦，能不夾帶任何情緒，不抱怨，不軟弱，不哭哭啼啼，如此爽快俐落地做出決定，平靜勇敢地面對一切，這是很多女人都難以做到的。

後來她老公逐漸好轉，但是在很長一段時間內，仍然需要玫玫開車接送他上下班。當時她老公經常在幽黑的暗夜突然從床上起身，走到陽臺上，以至於玫玫在那兩年幾乎沒睡過一個安穩覺，一顆心始終懸著，時刻密切關注著老公，生怕他一時想不開出了什麼事。

隨著老公的逐漸痊癒，玫玫的網店也從一開始的只有她一個人，發展為雇了幾十位客服的大店，每年收入不菲。生活的低谷終於過去了。

仔細想來，玫玫之所以能順利渡過這次難關，與她的性格有莫大的關係。她的骨子裡始終有一種男子氣，之前大家在一起玩的時候，我們常常戲稱她是最有「男友力」的女生。出去自駕自由行，只要有玫玫，其他人就不用操心了，路線規劃、旅遊攻略她一個人全都能搞定，哪怕半路拋錨換個輪胎她也不在話下。

朋友們當中誰有了什麼煩惱，向大家傾訴的時候，從玫玫那裡總能聽到一些角度獨特的建議。同為女人，玫玫考慮問題時卻總能迅速剔除一些情緒化、感性的因素，一針見血地指出問題的本質。

當遇到難關的時候，她不會用太多時間去可憐自己，怨天尤人，或者糾結猶豫，左右搖擺，而是會拿出更多的時間去評估現狀，思索解決方案，一旦確定就堅定執行，不矯情，不拖拉，不猶豫不決，那殺伐決斷的氣場頗有大將之風。所以我們常常感嘆，唉，她怎麼像個男人一樣！

—✳—

柏拉圖在《會飲篇》中講了一個希臘傳說：最初的人一半是男，一半是女，他們的體力和智慧加起來幾乎可以超越天上的神，於是諸神感覺受到威脅，遂將人劈成了兩半。

柏拉圖說：「人本來是雌雄同體的，終其一生，我們都在尋找缺失的那一半。」這缺失的另一半，不只是另一個異性個體，還有另一半異性特質。

無獨有偶，瑞士著名心理學家榮格也提出了「anima（男人自我中的女性化部分）」和「animus（女人自我中的男性化部分）」這兩個概念。他認為，每一個人都只有同時具備男女兩性的特質，自我才是完善的。這種結合了男女兩性優點的人格特質，被稱為「雙性化人格」。這是一種超越傳統性別分類，更具有積極潛能的理想類型。

在現實生活中，如果一個女性能夠兼具一些男性特質，有點男性氣概，在處理問題時就會容易突破女性特質的束縛，考慮得更加中肯和準確，更加容易取得成功。

所以，很多優秀的女人都是「雌雄同體」的。一個人如果同時具有男性與女性氣質的優點，就會形成一種更健康的心理模式。

古往今來，這樣的優秀女性不勝枚舉，可惜在生活裡，這樣的女人還是少了些。看看社群網站，大部分女孩子曬的都是卿卿我我的恩愛照、心血來潮的買買買、閒來無事的千愁萬緒、搔首弄姿的自拍，不高興了還哭得我見猶憐，許多女孩把這些當成了日常的全部。

有一次，在辦公大樓的電梯裡，我聽見兩個女孩在互相吐槽，一個說自己大姨媽來了還是如期出差，一個說現在的女人個個都拋頭露面在外面打拚，能幹得不得了，說明男人集體退化，世界陰盛陽衰，女人好不幸喔！

電梯門開了，兩個女孩婷婷嫋嫋地走了，同在電梯裡的兩個男士聽得面面相覷，一個說：「她們都有病！」另一個說：「我們喝酒去吧！」

在生活中，真的很難聽到兩個男人相互抱怨自己割了盲腸還得去出差，或是前列腺發炎依舊堅持工作。在男人的世界中，他們根本就不會為了這樣的事情自我憐惜。

要知道，這個世界的競爭，很多時候都是無性別的，不會因為是女人就放水。

身為女人，如果能時時自省，認清自身的優勢，同時看到自己身上那些由基因決定的先天不足，虛心向男人多學一點，學他們的目標明確、思路清晰，學他們的理性、果斷，吸納異性的長處，擁有一點男子氣概，豈不是如虎添翼，像柏拉圖筆下雌雄合體的「人」一樣，智慧和能力都翻了一番？

能自己解決的事，不要麻煩別人

能自己解決的事，盡量不麻煩別人，這是一種起碼的修養。大家都很忙，我不麻煩你，你也別麻煩我，這不是冷漠，是成年人的成熟。

工作十年了，美靜分析自己的情況：業務水準不錯，人際關係良好，唯一的不足就是文筆不怎麼樣。在她身處的這個天天都要寫報告的公司裡，她認為這是個致命傷，影響了她在職場的進一步發展。

有一天，公司舉辦活動，帶員工去國家圖書館參觀，學習數位化圖書館建設，回來後老闆要求每個人寫一篇感想，發表在公司內部的論壇上。美靜本來想像以前一樣隨便寫一篇交上去，反正以她的水準，寫了也是默默無聞。突然她靈機一動，想起弟弟最近交往的女朋友玲玲，是個文學碩士，何不讓她幫忙代寫一篇？

美靜打電話給未來弟妹，提起這件事，玲玲一口就答應了。玲玲整天待在圖書館，對國家圖書館很熟悉，又是文學專業，寫篇觀後感簡直是小菜一碟。沒想到這兩千字文章傳到美靜公司的內部論壇以後，立刻就吸引了老闆和同事們的目光。老闆還特地跑到美靜所在的部門，當著眾人的面誇獎美靜的文章寫得好，又要管理員把文章置頂，當作精華文章讓大家學習。

坐在美靜對面的小周，把文章細細地看了，驚詫道：「美靜，妳真是讓我刮目相看啊！怎麼突然就寫得那麼好了，就算和劉主任相比也毫不遜色啊！」

劉主任是公司公認的才女，是老闆的御用文膽。

美靜一時得意，也沒想那麼多，隨口就說：「哈哈，我是深藏不露，以後讓你們驚訝的事還多著呢。」

美靜口中跟小周說著話，手指在鍵盤上對玲玲說：「哈哈，我的同事們都驚呆了，剛發現我原來也是才女一枚啊！」

玲玲發過來一個「噓」的表情，說：「低調！低調！」

美靜說：「這麼多年，大家都覺得我不會寫，這回可算是揚眉吐氣了，我才不低調。」

過了一段時間，公司開始了一年一度的升等評鑑活動，按照規定，只有在雜誌上發表過論文的員工，才有資格參加評選。以前美靜一直在為寫論文煩惱，這次她故技重施，再次拜託玲玲幫忙。玲玲也真是厲害，美靜把一個題目拋過去，玲玲很快就寫好了一篇有理有據的論文。論文順利發表了，美靜也如願以償升等了。

嘗到甜頭的美靜從此一發不可收拾，玲玲簡直成了她的秘書，什麼東西都丟給玲玲寫。

有一次，部門又開會交代作業，老闆要大家寫教育訓練的學習心得。美靜又把這個任務推到玲玲那兒去了，沒想到這次玲玲沒有爽快接下，而是很為難地說，這個她也沒做過，幫不了這個忙了。美靜很生氣，她覺得玲玲是個文學專業的高材生，寫這麼個簡單的東西不就是舉手之勞嗎？竟然連這種小忙都不願意忙！

像美靜這種動輒就請人幫忙的「伸手牌」，總是把自己的事稱為「舉手之勞」，真是令人頭痛。在他們看來，他們的要求根本不會浪費別人的時間、別人的腦細胞。但如果是動動手指頭就能做完的事，你自己怎麼不去做呢？

—✳—

有那麼幾年，我總是接到老家親人的電話：「妳順路經過××時，幫我打聽一件事。」他們不知道城市很大，那個地方在城市的另一角，距離我生活的區域要兩個小時的車程，我根本不會「順路經過」。要麼就是「我有個朋友要去妳那附近看病，妳幫我接一下，等妳回來我請妳吃飯」。

一開始，出於情面我總是不好意思拒絕，可不勝其擾地當了好幾年的「地方辦事處」之後，我終於意識到這種沒完沒了的求助，已經嚴重干擾了我的正常生活秩序，於是後來他們再打電話來拜託我的時候，我只好狠下心，斷然拒絕。現在的我雖然可能已經在老家的親友中留下惡名，但也顧不了那麼多了。

對於那些非常敢於麻煩別人的人，我覺得真是勇氣可嘉，他們在向他人提出請求時，心裡完全沒有負擔。我很不能理解這樣的人，明明自己花點時間就能解決的麻煩，為什麼要消耗人情？人情債不是最難還的嗎？

我說出這個疑問的時候，閨密噗哧笑了，她說：「妳好天真喔，這種動輒就麻煩別人的人，壓根兒就沒打算還妳這份人情。」

自媒體紅人咪蒙，曾經靠一篇〈致賤人〉走紅網路，可見這種「伸手牌」簡直成了「全球公恨」。

咪蒙在文中引用了知名網站「知乎」上的話：「不要把別人的情分，當成你的福分。不要把別人的客氣，當成你的運氣。不要把別人的包容，當成你不要臉的資本。」

能自己解決的事，盡量不麻煩別人，這是一種起碼的修養。

大家都很忙，我不麻煩你，你也別麻煩我，這不是冷漠，是成年人的成熟。

成為一個「每臨大事有靜氣」的人

當你躺在床上輾轉反側，或者只是傻傻地乾坐在窗前而不去做點什麼事時，很容易會陷入惡性循環的消極想法中，進而讓情緒更加低落。

很多年前，在電影院裡看一部叫《赤壁》的電影。

周瑜說：「這麼冷的天還搧扇子？」

諸葛亮答：「我需要時刻保持冷靜。」

電影院裡一片哄笑。

這臺詞確實挺搞笑，不過保持冷靜卻沒什麼錯，諸葛亮遇事波瀾不驚，千古聞名，兵臨城下生死攸關的時候，那齣空城計唱得還真不是蓋的。

周瑜就不冷靜，所以被諸葛亮抓到弱點，活活給氣死了。如此看來，只有冷靜的人才能笑到最後，而且活得更久。

但是，在這部電影中，讓我覺得最有意思的橋段並不是這一段，而是小喬獨闖曹營，為曹操獻演茶藝的那一段……

纖纖玉手在茶巾上翻轉，置茶入壺，盛舀茶湯，在一代梟雄面前，小喬文靜嫻雅，氣場絲毫不輸：「別急，先觀湯色，聞茶香。」

一杯茶讓曹操貽誤戰機，赤壁被燒光。雖然此故事純屬虛構，但是電影中小喬從容的處世態度卻值得學習。她用自己的言談舉止告訴我們，遇到問題沒什麼大不了的，不要把時間、精力浪費在過度反應和手足無措中，堅持自己從容的步伐不亂套，才能在各種複雜的問題面前保持清醒和冷靜，並選擇最好的應對方法。

遇到事情，一旦方寸大亂，必然會導致舉止失常、進退無據，甚至失去正確的判斷力，做出日後後悔的選擇。

生活中的許多事情都需要我們冷靜地思考和處理，冷靜是一個人在特定的場合下內心所持的一種沉穩狀態。人在突然受到某種刺激時，情緒會發生急遽變化，或焦急，或憂鬱，或興奮，或衝動……這些情緒能不能被控制，取決於人的心理素質。心理素質好的人，能夠控制它朝更好的方向發展，具體表現就是臨陣不亂，遇事冷靜、沉穩，能夠做到三思而後行。

冷靜是做人的一種智慧，遇到事情時，冷靜可以幫助我們，很多棘手的事情不是靠魯莽的行動就能夠解決的，而是需要在冷靜思考之後因勢利導才能化解掉。冷靜可以啟迪我們去用腦，而用腦就是產生智慧、辦法、對策的過程。一個頭腦容易發熱、發脹，甚至火山性子動不動就爆發的女人，通常是談不上有多智慧的，自然也不會把問題解決好，甚至搞不好到最後還會被別人利用，或是火上澆油，做出對自己不利的事來。

像小喬這種「每臨大事有靜氣」的女人，越是在關鍵時刻，越是能心如止水，沉著面對。只有有靜氣者，才能不焦躁、不恐慌、不失態，她們明白，能一直讓內心保持寧靜的人，才是最有力量的人。

靜氣不是與生俱來的，而是修煉和積累的結果。

人的最大潛能，可能就是我們的心理潛能和精神潛能了。而最使潛能受阻或受損的事情，就是管理不好自己的情緒。所以，能夠保持冷靜是生活中一個非常有用的技能。

一顆平靜之心，是一個人的潛在資產，

往往越是身處困境，越能見其寶貴。

—✳—

怎麼才能更冷靜呢？

為了找到一些行之有效立竿見影的方法，我瀏覽了很多心理學網站和大量的資料，總結出三招：

第一招，減少壓力和擔心，不管遇到什麼事情都不要頭腦發熱，減少與他人毫無意義的爭執。

這一點是老生常談了，但確實是最重要的一點。我們遇事難以保持冷靜的最大原因，往往是擔心自己無法承擔後果。問問你自己，這事是不是真有那麼重要？值得你怒髮衝冠劍拔弩張？

另外，不要浪費時間、精力和想法在無謂的事情上。從現在開始，這件事是會影響到未來五年，還是五週？很多情況下，這種自我提問非常有效。通常來說，我們需要做的，只是調整一下自己的想法和情緒。問過自己這些問題後，你會發現，如果你本著更積極的想法看待問題，那些導致你煩惱憂愁的爛事就沒那麼重要了。甚至一天之後，你就不那麼焦慮了。

第二招，別傻待著了，做點什麼吧！

當你躺在床上輾轉反側，或者只是傻傻地乾坐在窗前而不去做點什麼事時，你很容易會陷入惡性循環的消極想法中，進而讓情緒更加低落。簡單的做法就是，找到你感興趣的事情，多參加一些好玩的活動，多去接觸那些對待生活更加放鬆、更積極的人，慢慢地你會發現自己變得更放鬆，也不會再輕易反應過激，如此一來，事情就會保持在它們本該有的樣子，而不至於一不小心就失控了。

所以，不要花時間事無巨細地去分析，而是要把時間用來實踐和探索，按你自己喜歡的方式。這樣一來，你便常常需要擴大自己感興趣的領域，在探索、學習的過程中，也許伴隨而來的是你還需要去面對恐懼。而這一切，會讓你變得更加自信，面對突發狀況時也不至於手忙腳亂，而是能得心應手地去處理。

第三招，想一想，其他人會怎麼做呢？

每當我陷入抓狂的情緒中無法自拔，難以冷靜的時候，我就會先想想我的閨密大芳如果遇到這件事會怎麼做。大芳是個骨子裡都流著冷靜的血的人。事過境遷，有時為了好玩，我會打個電話問她，如果她遇到這種爛事會如何處理，答案往往跟我最初預想的差不多。

這是個很好的辦法，能夠幫你找到一個新的、更有用的，有時看來也很好玩的視角。你只需要問問自己：當別人處在我的位置時會怎麼辦呢？

試著這樣問自己：

如果 Hello Kitty 遇到這種情況，會怎麼做呢？

如果詹姆斯．龐德遇到這種情況，會怎麼做呢？

如果老爸老媽遇到這種情況，會怎麼做呢？

如果×××（任何一個你身邊冷靜又睿智的朋友）遇到這種情況，會怎麼做呢？

這個辦法看起來像是鬧著玩，但的確可以把你從當下消極的、焦慮的、困惑的情緒災難中拯救出來，讓你發現這不是多大的事，從固有的思維模式裡跳脫出來，找到確實可行的解決辦法。

未來的每一天、每一週、每一個月，生活中都有可能發生你喜歡或者不喜歡的事，壓力、焦慮、工作中的難題、生活中的突發事件、人際交往中的衝突……所有種種，只要能冷靜面對，慢慢就會體會到那種發自內心深處的平靜和喜悅，生活就再也不會回到從前被情緒牽著鼻子走的混亂模樣。

當你的情緒日趨穩定，你會發現，自己的格局和能力也隨之提升，很多困擾過你的問題變得不再是問題。你變得平靜而又溫和，可以活得更加從容和有尊嚴。

人生一世，匆匆百年，我們都不願意跌跌撞撞地走，除了強大的內心力量，我們無所倚靠。只要內心篤定、平靜，即便腳下有荊棘，人生的腳步也會從容。願你每時每刻，都被幸福包圍著。

情商高，就是說話讓人舒服

很多人說話令人不舒服不是因為智商低，而是因為腦袋裡缺少這根「弦」。這樣的人，大多缺乏兩種能力，一是同理心，二是換位思考。

閨密有一天問我，是不是天蠍座的人都特別毒舌，我說我們不能有星座歧視，她說可是××真的很毒舌。

××是我們共同的一個編輯朋友，男性，我知道他有一種病，叫「哪壺不開提哪壺」。

經常聽到大家對他的抱怨，說他有點毒舌，非常不懂「看人眼色」。說話讓人不舒服，看不出眉眼高低，這就是他把閨密惹惱的原因。兩人在一起吃飯，他說他對玉特別有研究，說著說著，就要閨密把手上戴的玉鐲摘下來給他看看。

閨密的這個鐲子很少摘下來，她也不願意它被別人拿在手裡，所以就有點不情願。但是××一再要求（按理說這個時候他就應該看出人家的勉強了），出於禮貌，閨密只好勉為其難地摘下來遞給了他。接手的一瞬間，閨密不由自主地說了句「小心」。他看她一眼，問：「很值錢嗎？」

閨密說這句話，不是因為這個鐲子值錢，而是對她來說，這個鐲子是意義特別特別重大的一個禮物。於是，她就忍不住說了他一句：「你不是懂玉嗎，你看呢？」

××把閨密萬分珍愛的鐲子隨意地拿在手上，端詳了一會兒後還給了閨密，然後面帶不屑地說了一句：「呵，也就隨便戴戴吧。」

此時閨密心裡已經有幾分不悅，但是也不好說什麼，趕緊把鐲子戴上，轉移了話題。

吃完飯後，兩人一起去坐地鐵。在路上，××突然又好死不死地說：「有些東西是不能隨便戴的，有好多劣質的玉石，為了顏色好看，都在化學藥水中浸泡過，會放射出有毒物質，戴了對身體不好，還會致癌呢！」

閨密已經想罵人了！

××繼續說：「哪天我送妳一塊真正的寶石。」

「哪天啊？」閨密停下腳步，問他。

可能沒想到她會如此問，××頓時有點結巴，說：「呃……我們家鄉有一種特產，叫雞血石，妳聽說過嗎？」

「沒有。」閨密面無表情地說。

「等我哪天回去，買一塊送妳。」

閨密在心裡冷笑了一聲，加快了腳步，實在是一分鐘也不想與這個人走在一起了。

故事仍在繼續。在地鐵裡，××突然問閨密：「最近工作很累嗎？」

閨密說：「怎麼？」

××說：「妳看起來像是被折磨得蒼老憔悴的。」

My God，極品啊！對一個女人，你說她什麼都行，竟然說她老，說她憔悴，活膩了吧？閨密強忍著反唇相譏的衝動，默默地等著地鐵到站，忍得胃都痛了。

幾天以後，××在社群網站上留言給閨密，問為什麼不接他電話，不回他訊息，還說她不能這麼對待他，她是他心裡的女神。

閨密假裝優雅地回覆道：「對不起，這是你的事，我無法給你任何回饋。」

他說：「好吧，我知道我不是你的菜。」

閨密氣呼呼地對我說：「誰有那麼重的口味，敢吃他這盤菜！」

—✳—

美國心理學家艾瑞克．伯恩（Eric Berne）曾說過：「我們和他人的交往，實際上是在玩各種遊戲。」有的人在遊戲中游刃有餘，有的人卻捉襟見肘。差別在哪裡呢？

交際是一種互動。如果在這種互動中不注意別人的反應和回饋，對別人的言談舉止、神態表情一點都不在意，自說自話，恣意發揮，那還叫互動嗎？

通常我們就會說這種人不懂看人眼色，意思就是不會察言觀色、不會說話。而一個情商高的人，能夠根據對方的言行舉止、神態表情等來分析自己的言行是否得當，在社交中往往比一般人具有更強的適應性。

相反，對於情商低、說話難聽的人，人們要麼敬而遠之，要麼對其進行攻擊，接踵而至的誤解常常讓這些人在人際交往中覺得非常孤獨或極端鬱悶。這也能理解，畢竟聊天不是為了讓自己心裡不舒服的，到最後就沒人願意和他們交流了。

很多人說話令人不舒服不是因為智商低，而是因為腦袋裡缺少這根「弦」。這樣的人，大多缺乏兩種能力，一是同理心，二是換位思考。同理心是指一個人能夠準確無誤地體察到對方的內心感受，換位思考是指一個人能夠設身處地替他人著想，為他人考慮。

具體來說，就是那些容易想當然的人或自我主張強的人，常常自我本位地聽別人說話，這種人就是太過於我行我素，不能站在他人的位置換位思考，所以才無法結合當時的情境，說出合適的話來。

比如，我閨密的那個編輯朋友，看她的鐲子時，只是想當然地從鐲子的價錢來評估其價值，這是他自己評判事物的價值觀，卻完全忽視了主人在鐲子上寄託的感情因素。不能站在對方的角度去思考，又不能及時體察對方的情緒變化，說出來的話自然就不中聽了。

再者，他說我閨密蒼老憔悴，可能那段時間她確實狀態不好，他認為自己只是進行了一個客觀的描述，可是對於女人來說，這種話簡直是對自信心和自尊心的強烈衝擊，誰沒事要聽你這種客觀描述啊？這充分說明，他在說這話之前根本沒經過大腦，沒想過別人聽到這種話的感受，完全不懂得同感共情。

不僅是一部分直男，有些女人也很容易犯這個毛病，因為女人天生的傾訴欲使其在談話時更願意「說」，而不是注重「聽」。只顧著宣洩自己的情緒，而忽略了洞察他人的情緒，這對於人際關係的交往也是非常不利的。

※

要讓我說一個既會察言觀色，又能見機行事，說話辦事妥妥貼貼的人，那就是王熙鳳。我實在想不出還有誰比她更會轉了。賈府中長幼、尊卑、親疏、嫡庶、主奴等錯綜複雜的人際關係像一張大網，王熙鳳就處在這張網的一個中心位置上。她要和各種各樣的人物打交道，上有公婆和賈母，中有無數叔嫂、妯娌、兄弟、姐妹甚至姨娘、婢妾，下有一大群管家、陪房、奴僕、丫鬟、小廝等。既要討得長輩歡心，又要與平輩和睦相處，還要讓下人臣服，王熙鳳全都搞得定，她揣測別人的心理，伶牙俐齒的本事超出任何一個人。所以李紈說她：「你真真是水晶心肝玻璃人。」就是憑這份八面玲瓏的本事，王熙鳳在賈府如魚得水，好事、壞事都幹了，既撈到了實惠，人緣也不錯。

我經常陪外地的親友去恭王府遊覽，也是和珅舊居。看到恭王府的氣派，大家經常感嘆和珅憑什麼能如此飛黃騰達。憑什麼？和珅作為大學士固然有才華，可是一朝之中有才華的人多如過江之鯽，為什麼他獨占鰲頭？

和珅的過人之處，就是他的高情商和會說話。就交際上來講，和珅確實是一個大師級高手，他對乾隆皇帝的脾氣、愛好、生活習慣、思維方式無不瞭若指掌，可以充分做到想乾隆之所想，為乾隆之所為，絕對不同於一般的曲意逢迎、阿諛奉承。和珅的許多逢迎行為都具有深厚的同感基礎，說出來的話都是將心比心的結果，因而沒有那麼的低俗和赤裸，而是相當的匠心獨運。乾隆皇帝與他相處起來格外舒服，自然少不了他的好處。

我們都是平凡的張三李四，可能做不到和珅那樣，成為別人肚子裡的蛔蟲，也沒有美國FBI那麼專業的知識，僅憑眨眨眼、皺皺眉就能猜出別人的心思，但是在溝通交流時，只要你願意，對別人最基本的觀察還是能夠完成的。

觀察別人並不等於對別人處心積慮投其所好，在與人交往的時候，當然要有自己獨立的人格，但同時也要照顧到別人的心情，學會調劑現場的氣氛，這才能說明你在用心經營自己的人際關係。

所謂高情商就是會說話，這不僅僅是技巧的問題，更主要的是要有一顆對他人積極關注的同理心，這並不是要你刻意地去說討對方歡心的話，而是能為對方著想，不說人家不愛聽的話。這是一種禮貌，也是一種修養。

—✳—

有時候話不在多，而在於精。只有懷揣善意，說出來的話用心、真誠，才能打動別人；只有真情流露的人，才能得到真情回報。

日本電視劇《深夜食堂》裡小林薰飾演的小店老闆，就是一個這樣的人。一間通宵不打烊的小飯館，一個號稱什麼飯都會做的老闆，吸引了很多失意的人深夜來到這裡吃飯。老闆話不多，偶爾畫龍點睛地說幾句，往往能達到四兩撥千斤的作用，客人們都覺得，他懂他們。

這樣的人，在朋友圈中往往都擁有五顆星的超高人氣指數。他們似乎也沒有為誰肝腦塗地，但身邊總是圍著一大票忠實死黨。所謂「相交滿天下，知心有幾人」，人們對這個「相知」的看重，遠遠超過你的想像。

說起來好像很難，其實做起來很容易，只要管住自己心裡蠢蠢欲動的聲音，不急於發表意見，從對方的視角去看問題，尊重、敏銳，以對方為中心，好好地傾聽對方的傾訴，感受對方的情緒，在適當的時候給予回饋，就可以了。

與其日日抱怨，不如馬上改變

過多地抱怨是一種失控的表現，而這樣的失控又特別容易引發他人情緒的失控，像滾雪球一樣，滾出人際關係的惡果。

我小時候，家裡住的是父親任職單位分的房子，一棟房住好幾家，牆壁非常薄，咳嗽一聲都能聽見。鄰居家的阿姨，是我這輩子見過最愛抱怨的人。每天早晨一睜眼，就聽見她在隔壁嘮嘮叨叨，她說話的語速極快，語調也沒什麼太大變化，聽得久了，只覺得是一種「嗡嗡嗡」的背景音，完全記不住內容。這種曠日持久的「嗡嗡嗡」，對身心是一種巨大的摧殘，會讓人覺得很煩躁，做什麼都沉不下心來。每次我寫作業的時候，都在耳朵裡塞個耳機，放點音樂，以隔絕這種讓人不適的「嗡嗡嗡」。

她瘦得可怕。有時候看見她那種乾瘦的身材，我就同情地想，她為什麼總是胖不起來呢，肯定是說話太多了，消耗了太多的體能。

她每天說這麼多話，大致就是兩件事：兒子太調皮，總是讓她操心；丈夫太懶惰，不幫她做家事。兒子把衣服弄髒了，她能抱怨兩個小時；家裡的水龍頭壞了沒有及時修理，她能抱怨一個下午。她就像跳針一樣，幾句同樣的話翻來覆去地說上幾百遍自己卻渾然不覺。

她兒子的確有跟別的小孩一樣的毛病，但也沒有比別的孩子更頑劣；丈夫確實有跟別的男人一樣的通病，但也沒有比別的男人更過分。然而，與別的女人不同的是，她更愛抱怨。

有時候，在她的抱怨聲裡，突然傳出丈夫的一聲大吼，一聽就壓抑了很久。於是她就更加嘮叨，丈夫對她一陣咆哮，兩個人就吵起來，開始動手廝打，然後我的父母急急忙忙跑過去勸架，這種鬧劇三不五時就會上演。

有時候，她會坐在院子裡哭。我隔著柵欄看她哭得很傷心，捂著臉，眼淚從粗糙的手指裡滲出來。無疑，她的幸福感是很低很低的。

過多地抱怨是一種失控的表現，而這樣的失控又特別容易引發他人情緒的失控，像滾雪球一樣，滾出人際關係的惡果。

這種控制不住抱怨的人絕對是人際關係中的一根毒草，身上滿滿的都是負能量，任何人都不可能經受得住這種長篇累牘的折磨。遇到這樣的人，我的經驗就是閃人，一旦他們打開話匣子，三十六計走為上，與其最後因為心煩而得罪他們，還不如一開始就藉故離開。

家裡的一個阿姨，有一段時間病了，我去探望，看到她正在吃中成藥，拿起說明書，看到「功能與主治」中的第一句話我就笑了：「情志不舒，常無故嘆息」，這個阿姨一輩子就是這樣，活得無滋無味，逢人就訴苦、抱怨，芝麻大的事能誇張到西瓜那麼大，就是想向別人表達兩個主題：第一，她很辛苦；第二，她很不幸。

我記得張愛玲的小說裡有一個賽姆生太太就是這樣，一天到晚嘮嘮叨叨：「自從今年伏天曬了衣裳，到如今還沒把箱子收起來。我一個人哪兒抬得動？年紀大了，兒女又不在跟前，可知苦哩！」、「你別瞧我打扮得頭光面滑的在街上蹓跳，內裡實在是五勞七傷的，累出了一身的病在這裡！天天上普德醫院打針去，藥水又貴又難買。偏又碰見這陸醫生不是個好東西，就愛占人的便宜。正趕著我心事重重——還有這閒心同他打牙嗑嘴哩！我前世裡不知作了什麼孽，一輩子盡撞見這些饞貓兒，到哪兒都不得清淨！」

雖然生活環境不同，抱怨的事由不同，但是上面這些例子基本上是同一類人，抱怨是他們減緩內心焦慮的主要方式。一般來說，抱怨最大的功能就是發洩情緒。常常抱怨的人，心裡一定鬱積著某種情緒，把語言當成了出口。還有一種情況是內心脆弱而猶疑，存在著一種關係訴求，他們對關係的現狀不滿足，覺得自己不被人重視，不被人欣賞，希望透過抱怨刷存在感，讓周圍的人意識到他的重要，或者有更多的機會改善自己的處境。

我舉了這麼多例子到底想說什麼呢？是抱怨有害，能憋就憋嗎？當然不是！

從這些愛抱怨的人身上可以看出，有些人抱怨了一輩子，可抱怨對他們的生活一點幫助也沒有。

如果細心觀察周圍，你會發現生活中有些人是解決問題型的，有些人是發洩情緒型的，而解決問題型的人，性格更加趨向於安靜。反過來說，因為解決問題的能力差，所以有些人轉而尋找另一條出路，拐到了抱怨的歧途上。

抱怨的人就不是為了解決問題來的。如果自己愛抱怨，不要把目光落在具體的問題上，先嘗試著接納自己的情緒，想想自己想透過抱怨釋放什麼，還有沒有其他的方法可以紓解壓力。冷靜地去分析自己的心理，你就會發現引發抱怨的不是一系列具體瑣碎的事件，而是長期以來的一種心態。

抱怨除了發洩情緒，還有一點賣慘的因素在裡面。喜歡抱怨的人多多少少都有一點表演欲，說著說著就進入表演狀態，不由自主地去博取他人的同情和理解。所以說，抱怨的基本成分就是發洩、賣慘、無能、無奈。這種猶如吸收了全世界的負能量的語言暴力，簡直就是一味殺人於無形的猛藥啊！

每個人的時間和精力都是有限的，用來抱怨就沒辦法做別的事情，所以不如把抱怨的力氣用於改變生活。

改變抱怨的態度，去做當下應該做的事情，才是最可靠的突破困境的方法。

抱怨最大的害處，並不僅僅在於浪費時間或是暴露自己的無能，而是讓你不由自主地放棄努力。

在抱怨上多花一分鐘的時間，就少了一分鐘的時間去解決問題，這叫「賠了夫人又折兵」。

每個人都會遇到自己的困境。

為什麼我們總說聽了那麼多道理卻還是過不好這一生？就是因為大多數人都做不到知行合一。道理誰都明白，但是就是做不到。

只有先在觀念上糾正了認知偏差，再輔以正確的方法，以較強的執行力去堅持，才能真正地改善自己的生活，改變自己的命運。

最喜歡研究方法論的前新東方名師李笑來，曾經在一篇文章裡寫了關於停止抱怨的三個方法：

第一，不要跟愛抱怨的人交往甚密，因為抱怨會傳染。

第二，當發現自己已經患上抱怨症的時候，就要給自己設置一個自動彈出視窗，一旦出現抱怨的念頭，就要提醒自己：我要啟動抱怨模式了，快停止！

可以試著每天記錄一下自己抱怨的次數，記錄也是一種提醒，持續記錄，就會發現自己抱怨的次數在減少。

第三，面對麻煩，能解決就去解決，這是能力；不能解決就選擇接受，這是堅韌。

女人要學會適時的沉默。拿出點決心，像戒掉熬夜一樣戒掉那些抱怨吧，像減肥一樣減掉那些廢話吧！你見過哪個女神喋喋不休？

沒有公主命，就不要生公主病

很多時候，我們眼前似乎有一道牆，遮住了事情的真相。是時候鼓足勇氣看看牆後面的東西了。即便不喜歡也要繼續向前，因為這是獲取自我平衡的唯一途徑。

有一次，朋友要在家裡請客，熱菜冷盤都準備好了，只有一條魚還沒有料理。朋友說他不擅長做魚，看看赴宴的人裡有沒有能顯顯身手的，幫他把這條魚做了。

有兩個女生馬上皺起眉頭，一個厭惡地說：「魚腥死了，我從來都不碰那些軟塌塌滑溜溜的東西。」另一個則說：「哎喲我對油煙過敏，油煙對皮膚不好，對頭髮也不好，我從來不下廚，家裡的廚房都要貼封條了。」

本來我還躍躍欲試，一聽這話立刻失去了伺候這兩位的興致。有人犯了公主病，我可不想當廚娘去配合她們。後來另一個男生把這條魚紅燒了，端上來的時候，這兩個女生吃得挺開心的。

這樣的人可不少見呢。

我就不明白了，都是小門小戶的孩子，哪來的一身公主病？

做公主這件事，真的是要靠命的，爹不是國王，說什麼都沒用！

世界上到底有沒有公主？當然有了！

別說歐洲還有幾個貨真價實的國王的女兒，就說那些被人中龍鳳的父母捧在手心的女兒，不是公主又是什麼？

比如希臘船王的掌上明珠克莉絲蒂娜．奧納西斯，三歲的時候，就擁有了刻著自己名字的世界上最大的豪華郵輪。

比如貝克漢家的小七，從一出生就被稱為「七公主」。她五歲之前出門都不用穿鞋的，反正也不用下地走路，不是被她爸抱著，就是被她哥抱著。她是父母生下三個兒子之後才盼來的寶貝女兒，怪不得大家都說她是全宇宙最會投胎的人。

這種生來就是公主的人就不說了，就像安徒生寫的豌豆公主，哪怕將一粒豌豆壓在二十層床墊子和二十床鴨絨被下面，她也能感覺得出來。所以，王子覺得她絕對是一個真正的公主，遂高興地娶了她，然後把豌豆送到博物館去展覽。

然而，大多數人都沒有那麼好命，一出生就是公主。所以，我們只能努力修煉、沉澱自己，努力當上女王。

可是，總有那麼一些人，則是要讓自己「看起來」是公主，這就可怕了！這樣的人，大抵都是內心怯弱甚至自卑的。不是有句話嗎，想知道一個人缺什麼，就看他努力秀什麼就知道了。

—✳—

我剛畢業的時候，在一家雜誌社當小編輯，很羨慕一個同事。她是主編，長得很美，打扮得也很時尚。我像追劇一樣，每天追她的部落格，早上上班的第一件事，就是點開她的部落格，如果她還沒發文，就坐等她更新。

她的部落格寫得非常漂亮，圖文並茂。那些圖片不是美食、美衣、珠寶首飾，就是精美得讓人窒息的高跟鞋、限量版的名牌包，全都閃著奢華的光芒。

她有時候也覺得自己太愛買東西了，在部落格裡嚷著要剁手：「不行啦不行啦，這個月的花銷已經超過五位數了。」

我有點不明白，她其實也沒賺多少，怎麼維持這種生活水準呢？後來聽人說，她是有錢人家的獨生女，爸爸是位古董商呢。古董商？聽著就高大上。

我還知道她有一個非常愛她的男朋友C，有一天我看見她在部落格裡寫道：「C昨晚在車裡跟我商量，要買別墅區的房子，我還沒想好要不要答應。」

我替她急死了，恨不得在電腦前面大喊：姐，你還想什麼呀？趕緊嫁給高富帥，住進別墅區，從此幸福地過著貴氣逼人的生活啊！

有時候，她也會在辦公室輕描淡寫地抱怨自己的身體真是差，一點力氣都沒有，連熱水瓶都提不動，替飲水機換水更是不可能，所以男朋友不在的時候，她連喝口熱水都難。不過前幾天男友買了一臺進口的淨水壺給她，又可以快燒，又可以過濾，方便倒是方便，就是有點小貴，上萬塊呢。

一起出去吃飯，她對著麻辣小龍蝦發呆，問為什麼不吃，她說：「我真的不知道這個怎麼弄，以前都是家裡的阿姨替我剝好，放在碗裡的。」

看她那雙纖纖玉手，弄髒了也真是令人不忍，我馬上踴躍地替她剝蝦，後來我就得到一個綽號──「剝蝦員」。

在我看來，她就是個公主，過著一種我可望而不可即的生活：吃的都是我見都沒見過的珍饈佳餚，買的都是要用掉我好幾個月工資的奢侈品，去的都是一般人去不起的地方，還有一個有錢的真愛。

有一天，她沒來上班，恰巧公司有點急事，打電話又聯繫不上，主管就給了我一個地址，讓我去找她。走進她家的時候，我有點無法接受，她住在一個破舊的套房裡，非常簡陋，水泥地，沒什麼傢俱，屋裡又髒又亂又差，一看就好多天沒打掃，床上亂七八糟地攤著衣服，桌上放著一臺舊筆電，還有沒扔的泡麵碗。

一個追求生活品質的美女，竟然住在這樣的環境裡？

看我略有些吃驚的表情，她訕訕地解釋道：「這是我這輩子住的最破的房子了，早就想搬了，就是因為離公司近才沒搬，畢竟走路就可以上班了嘛！」

回去的路上，我有點難過，突然覺得看不懂這世界了，有種強烈的虛幻感。當時年輕單純很是不理解，現在想想也沒什麼。她年近三十，獨自在這個城市生活，做一份收入不多不少的工作，想用一些光鮮的東西裝點自己的生活，塑造一個華麗的形象，也沒什麼吧？

怕的是，如此惺惺作態，也難以弄假成真，反而讓自己活得更累、更委屈，圖什麼呢？甚至很多偽裝還要以違背個人意願和犧牲人生樂趣為代價，何苦如此呢？即便是這樣，也未必就能成功地騙過群眾雪亮的眼睛，這不就現形了嗎？其實大多時候是人艱不拆，大家集體緘默，不願揭穿而已。況且，演戲演久了，難免有演砸的時候。所以，沒有公主命，就不要生公主病了。

這方面的例子，我見過一個最經典的：

一個男的和一個女的，這兩個人不知道有什麼癖好，女的常年扮公主，男的常年扮粉絲。兩人約會了無數次，女的遲到是一定的，哪個公主會準時下樓等著男伴來接呢？吃飯的時候公主頂多點個藍莓山藥，連個梅菜扣肉都不敢點，生怕大口吃肉就不優雅了。

某個情人節，粉絲請公主吃飯，不知怎麼就說起了結婚話題。公主強調，自己結婚的時候，一定要戴 Cartier 的鑽戒，穿 Pronovias 的限量版婚紗，拖著 LV 的箱子，與新郎在機場會合，一起去峇里島度蜜月。且不說穿著龐大婚紗，像一座移動的城堡一樣在機場候機是一副多麼滑稽的畫面，單說這身行頭就價值不菲。粉絲這次澈底被嚇住了，原本放在口袋裡準備求婚的戒指愣是沒敢拿出來。

從那以後粉絲就撤了，半年後娶了另一個女生。公主沒有了觀眾，演技頓時崩盤，生活不那麼考究了，有時候也坐在熱炒店吃幾道菜，喝杯啤酒，再提起那個粉絲，眼睛裡滿是悔不當初的意味。

對這樣的人，我只想說一句話：「不作死就不會死！」

生活中，公主病主要表現為性格方面的缺陷，或人際交往方面的障礙。這樣的人看起來自尊心很強，自我意識很強，實際上並沒有「自我」，因為她的自我完全取決於「他人的視線」。由於缺乏肯定自己的信心，她們內心深處有很強的自卑感，所以才會時時、事事渴望別人的寵愛和認可，愛情如是，事業如是，生活亦如是。在得不到滿足的時候，就會質疑自己的價值，進而感到痛苦。

有公主病的女生，她們希望自己活成心中所期望的公主的模樣，卻忘了最好的活法只是活出自己。

隱藏自己，卻扮演別的角色，帶來的只是彆扭。

長期沉浸在扮演公主的感覺中不能自拔，對於女人的成長真是致命的阻礙。很多時候，我們眼前似乎有一道牆，遮住了事情的真相。是時候鼓足勇氣看看牆後面的東西了。即便不喜歡也要繼續向前，因為這是獲取自我平衡的唯一途徑。

扔掉那些嘩眾取寵的可笑念頭吧，多多努力活成自己希望的樣子比什麼都強！只要你的能力令人稱許，你的品質令人信服，不需要公主的標籤，依然能夠在人群中熠熠生輝。

認清現實的真正意義，是找到自己的位置

成功的人之所以成功，很大一部分的原因在於他們能正確評估自己，並且能夠根據自己的特長準確地定位。

有一次去一家企業採訪，員工們紛紛提到他們最佩服老闆的一點，就是會用人──他把每個人都放在最合適的位置上，管理得服服貼貼。

最後採訪這位老闆的時候，我提出這個問題：「人人都說您會用人，有什麼訣竅嗎？」

老闆略顯驚訝，很自然地說：「能有什麼訣竅？如果一個人膽子太大，就別讓他負責財務；如果一個人坐不住，就別讓他搞技術。所謂用人，就是把每個人放在合適的位置上啊！」

確實，每個人都有一個最適合自己的位置，只有找對了才能實現自己的價值。找到最適合自己的位置，應該是人生規劃的核心，因為想要實現自己的人生目標，就要擅長做自己的伯樂。只有找對位置了，才能有更好的發展，也才更能好好地創造和實現自身價值。

世界上沒有一個全能的人，每一個人都有自己的優勢和劣勢，只要正視自己、瞭解自己，找到最適合自己的位置，那麼不論是在生活中，還是在工作中，都能發揮出巨大的潛能。富蘭克林說過，寶貝放錯了位置就是垃圾。世間沒有無用的東西，也沒有一無是處的人，只要放對位置就可以是寶貝，是人才。所以，對一個人來說，比盲目地努力更重要的是清醒地認識自己。

有個童話故事很有深意，說一個農場主養了一頭驢和一隻貓。驢每天都要拉磨、馱木柴，工作很辛苦，而貓整天在家睡大覺，等主人一回家就趕緊跳上膝頭討好，很得主人寵愛。驢看了很羡慕，總是抱怨命運不公。終於有一天，驢按捺不住了，咬斷韁繩，跑進主人的房間，像貓咪那樣圍著主人跳舞。在牠蹦蹦跳跳的時候，不但撞翻了桌子，將杯碗瓢盆摔得粉碎，還趴到主人身上去舔他的臉，把主人嚇得半死。大家聽到喧鬧聲急忙趕到，把驢子痛打一頓，重新關進圈裡。

驢子的愚蠢在於看不清現實，牠本來就是幹活的家畜，卻偏偏要去學人家賣萌，強行去做不適合自己的事，沒被當成瘋驢宰了，已算是幸運。

—※—

有一段時間，創業之風興起，感覺咖啡館都不夠用了。有人說，去咖啡館裡坐一坐，有一半的人在談劇本，另一半的人拿個簡報在拉投資。似乎站在風口上，豬都能飛起來。不管之前是做什麼工作的，好像只要弄出一個專案，拉到一筆投資，自己馬上就能變身高富帥，迎娶白富美，走上人生巔峰。

創業看上去很美，但真的不是每個人都適合創業。在適合自己的平臺上精耕細作，反而更能收穫一番成就，盲目跟風去創業，折騰了半天，萬一顆粒無收、血本無歸，不是更得不償失嗎？

成功的人之所以成功，很大一部分的原因在於他們能正確評估自己，並且能夠根據自己的特長準確地定位。

每個人都有自己的天賦，關鍵就在於你能否好好地利用它，客觀地根據實際情況，去充分挖掘自己的潛質，既不妄自菲薄，也不夜郎自大。

在找到自己的位置這件事上，很多名人都走過彎路。

我在電視上看到一位女明星講自己的經歷，她從小學舞蹈，學到二十歲，發奮要成為一名優秀的舞蹈演員。但是她有一個舞蹈演員最怕的毛病——好不容易彎下去的腰，第二天就硬得跟塊板磚一樣。練了十幾年，吃了很多苦，汗水流了幾大桶，永遠都是舞群中站在最邊邊的那個角色。

突然有一天，她想明白了，自己沒有跳舞的天分，付出多少也是枉然。於是轉而報考電影學院，讀完四年才發現，原來自己是為表演而生的。畢業後很快成名，短短幾年就躋身一線女星行列。

如果她沒有及時覺醒，認真理性地剖析自己在舞蹈方面的實力和前景——當然這個過程必然會很痛苦，現在也許她還是一個苦苦鏖戰在舞臺上的三十多歲的小舞群呢。

這樣的例子很多，比如著名的自媒體人彭小六，曾經做了十年程式師，他覺得自己不喜歡寫編碼，也不具備這方面的才能。但他在業餘時間幾乎每週都會去參加拆書●的線下活動，學到很多東西，也發現了自己的興趣和才華所在，不但澈底改變了自己的閱讀習慣，還成了一位拆書專家，成立了訓練營，帶領千千萬萬的人一起讀書。

所以，無論是在生活中，還是工作中，遇到問題都別著急，有問題是好事，說明你開始覺醒，也許這是一個很好的成長機會。

有時候我們會因為別人的質疑，或者遇到的挫折而迷茫，覺得付出沒有回報，覺得自己太笨，這種時候無論如何都要相信自己的價值，保有一份堅定和執著的心，勇於去嘗試其他的領域。

如果你為了一件事付出萬千卻總是事倍功半，可能它真的不適合你，這個位置真的不適合你。不要著急，不要怕，世界上必然還有一件更適合你的事情等著你去做，還有一個更合適的位置等著你去發揮自己的才能。

適當的拚命到底是成功的前提，
但是如果這個位置不是你該待的地方，
盲目的拚命到底是沒有意義的。

不妨試著轉身，多嘗試，也許人生就會峰迴路轉，走進更明朗的境地。

拆書：快速閱讀並理解書籍的方式之一，快速地閱讀一本書，將框架、精髓提煉出來，並用圖文表達，讓其他人能用最快的時間了解此書。

改變人生，從改變自己開始

不要著急去挑剔環境，也別找太多藉口去抱怨，靜下心來想想自己想過什麼樣的生活，想要什麼樣的人生，然後在這種理想下，結合目前的狀況調適自己的狀態，努力去做一些積極的改變。

曾經看過一個故事：

許多年前，一個女孩從貧窮的美國鄉村出發，到紐約第五大道的一家女裝裁縫店工作。在店裡，她是等級最低、最苦最累的打雜女工。女孩家裡窮，不但沒穿過，就連見都沒見過這麼華美的衣服。所以，她初到店裡，就被店裡的美麗布料和那些名媛貴婦們身上的華服驚呆了。尤其讓女孩羨慕的，是那些女人身上自帶的那種自信和驕傲的氣質。女孩問店裡的一位女裁縫：「天啊，她們為什麼個個看上去都那麼美啊？簡直就像是女王和公主。」

女裁縫笑笑，告訴女孩說：「是因為成功，所以她們才顯得那麼美麗。」女孩聽了，沉思了半晌問：「那麼，我們是不是也可以擁有這種姿態呢？」女裁縫聽了，驚訝地看了她一眼，不置可否地笑了笑。

沒想到，從第二天起，女孩就變得和平常不一樣了。她邁著和那些高貴顧客一樣優雅的步伐，像那些高貴的婦人和小姐們一樣輕聲細語。她的穿戴也和以前不一樣了，她為自己做了新衣服，布料質地雖然不好，款式卻十分新穎、時尚。店裡沒事可做的時候，她也常常到試裝鏡前為自己補一補妝。

慢慢地，那些來店裡做衣服的女客人們對女孩的態度也完全不同了。以前沒有人注意她，現在她們很樂意跟她聊天，也有興趣和她談談她們對服飾質地和款式的看法了。客人們誇女孩是店裡最有頭腦和氣質的女孩，而女孩也從和她們的交談中學到了不少服裝的知識和對時尚的看法。店老闆見客人們喜歡女孩，馬上就調換了她的工作，讓她專門負責接待顧客，並及時向設計師回饋顧客們的看法和建議，店裡的生意變得更好了。

因為和顧客交流得越來越多，女孩對服裝布料、款式有了越來越多的自我見解。後來，她對店裡時裝設計師的水準越來越不滿意，乾脆自己為顧客們設計起服裝來。她的服裝款式新穎獨特，賣得很好。不僅紐約的女性們以能穿到她設計的服裝為榮，許多外地的女性也慕名來訂購。後來她接手了這間裁縫店，並把這個店發展成一個服裝設計加工公司。最後，女孩創立了自己的服裝品牌「安妮特」，她本人也成了著名的時裝設計師。

這個故事讓我想起我曾經認識的一個女孩子。我上大學的時候，寒暑假在百貨公司打工賣化妝品，跟我搭檔的是一位正職的櫃姐，名字叫姍姍。姍姍長得很美，有點像混血兒，皮膚極好，有一種賽雪欺霜的白，大眼睛在濃長睫毛的掩映下眼波流盼，是真正的目如點漆，眼若秋水！

人人都說姍姍的先天條件好，適合美妝這行，說她天生的好膚色就是活廣告。可是姍姍自己對這份工作卻好像沒什麼太大的興趣，經常有一搭沒一搭地迎接顧客。有時候我看她翻著銷售表蹙著眉毛做思考狀，就問她：「姍姍，妳在想什麼呢？」她抬起美麗的大眼睛說：「我在想中午要吃什麼。」姍姍很少為顧客介紹產品，通常是顧客要哪瓶她就拿哪瓶，實際上她對產品的分類和功能也不甚了解。

有一天，來了一位年輕的女顧客，說要買瓶晚霜，姍姍說這個系列沒有晚霜，女顧客指著櫃檯裡的某一瓶要姍姍拿出來給她看看，拿出來以後，她質問姍姍：「這不是晚霜嗎？據我所知，這是新出的產品。」姍姍瞥了她一眼，說：「有就有囉。」

第二天我去上班，沒見到姍姍，專櫃上換了一位陌生的櫃姐。原來昨天那位女顧客是化妝品公司的督導，前來抽查工作的。姍姍因為表現不好被辭退了。

跟彩妝組的組長姐姐聊起這件事，我說姍姍似乎對工作不太用心，組長嘆口氣說：「妳以為每個人都有機會受教育嗎？她就這種水準，一個國中都沒畢業的女孩子，又能怎麼樣呢？」

因為學歷低，經驗少，像姍姍這樣的女孩，不得不做一些最基層的工作，可這樣的工作不但累、收入少，而且起點也低，她們覺得自己被限制在裡面，又無力改變，只能過著局促的生活。

改變人生，似乎是一個很大的課題，有人想一想就被嚇住了，覺得因為自己能力太弱、社會環境太差、時代的局限性等因素，不得不聽天由命。有時候我跟父母聊天，說起年輕時候的事，他們也會感嘆自己曾經留下諸多遺憾，但末了又總是加一句：當時大環境就是那樣，我們又能改變什麼呢？

改變環境當然不容易，我們不敢像賈伯斯那樣說，活著就是為了改變世界，起碼能夠說，活著可以改變自己吧？

✳

幾年前，我曾經與某公司有過一次合作，需要我在那裡工作一個月。這個公司是我見過的最讓人煩悶的一個公司，據說他們的企業文化就是「搶」，不但與競爭對手搶，公司內部也爭搶不休，整天為了爭搶各種資源明爭暗鬥，甚至為了搶先使用一個會議室，兩個部門也能吵一架。

在辦公室裡，兩個員工互相指著鼻子對罵的情景屢見不鮮，拍桌子，摔滑鼠，十分熱鬧。每一季的銷售報告會簡直就是控訴大會，怒髮衝冠的，淚流滿面的……原本我很容易在開會的時候想睡，但是在這個公司開會，我不但沒打過瞌睡，還長了不少「見識」。

不過，在這樣一個環境中，我也發現了一個異類，就是行政部的 Alina。Alina 的職位是內勤，差不多與公司每一個部門都有接觸，所以在一段時間內，她幾乎成了眾矢之的。每天都有人投訴她，要麼說辦公用品不夠用，要麼說共用資料夾裡有個檔案不見了，要麼說報表上的資料錯了……雖然經過查證之後，發現這些錯誤大多數都是投訴人自己的一時疏忽，根本與 Alina 無關，但是 Alina 總是不慍不怒，淡淡地笑著，慢條斯理地解釋著。即使對方大動干戈，她也只是靜靜地看著，一直等到對方安靜下來。我真的很佩服她的好涵養。

後來工作結束，我就離開了那家公司。幾個月後我在一個講座上巧遇 Alina，她說她趁週末時間在這所大學學習 HR 課程，准備考人力資源管理師。一年以後我又去了一次 Alina 的公司，她還在，但已經升為行政部經理，同時兼任人力資源部的一些工作。再後來，聽說有獵頭公司來挖她，她跳槽了，薪水是原來的三倍。那家公司還是那麼讓人煩心，但跟 Alina 已經沒有關係了。

—✳—

人生不可能總是一帆風順，環境也不可能總是那麼盡如人意，先不要著急去挑剔環境，也別找太多藉口去抱怨，靜下心來想想自己想過什麼樣的生活，想要什麼樣的人生，然後在這種理想下，結合目前的狀況調適自己的狀態，努力去做一些積極的改變。

一個朋友對我說，剛來這個城市的時候，覺得生活很難，本地人排外，工作辛苦，客戶難搞，就連房東太太也時不時上門給點臉色，不知道從什麼時候開始，周圍的一切慢慢變好了。其實，比起幾年前，這個世界變化不大，變的是她自己。工作能力提高了，自然越來越能勝任，客戶為什麼要為難她呢？她自己買了房子，還用得著看房東的臉色嗎？

生活不可能自動改變，只有先奮力改變自己，
才有可能擁有更趨優越的生活環境。

在倫敦西敏寺地下室的墓碑林中，有一塊名揚世界的墓碑。

這塊墓碑周圍的那些墓碑，主人都是一些赫赫有名的人物，比如亨利三世、喬治二世等二十多位國王，還有比如牛頓、達爾文、狄更斯等大科學家和大作家。

而這塊墓碑的主人卻是一個無名氏，碑上沒有姓名，沒有生卒年月，也沒有墓主的介紹。

這樣一塊普通的墓碑之所以名揚世界，是因為它上面的一段碑文：

「當我年輕的時候，我的想像力從沒有受到過限制，我夢想改變這個世界。當我成熟以後，我發現我不能改變這個世界，我將目光縮短了些，決定只改變我的國家。當我進入暮年後，我發現我不能改變我的國家，我的最後願望僅僅是改變一下我的家庭。但是，這也不可能。當我躺在床上，行將就木時，我突然意識到：如果一開始我僅僅去改變我自己，然後成為一個榜樣，我就可能改變我的家庭；在家人的幫助和鼓勵下，我就可能為國家做一些事情。然後，誰知道呢？我甚至可能改變這個世界。」

據說，許多人看到這塊碑文時都感慨不已，有些人來到此處，即使不去拜謁那些大人物，也要來看看這段話。

改變人生，就是要從改變自己開始。就算再不堪的生活，也有一定的改變空間。與其在無數個暗夜裡咬碎銀牙卯著勁痛苦，不如騰出一些時間，安靜下來，瞭解自己的感覺，然後問自己一些問題，如「生活中最想改善的部分是什麼？」在捫心自問時寫下真實的答案，才得以窺見內心真實的需求。

你肯定比任何人都知道自己真正的願望：想換一個更大的房子，在工作上更進一步，通過專業技能的考試，還是開一家自己喜歡的店？哪怕僅僅是每個月多賺兩千元，體重比上個月輕半公斤……找出根本問題，找出真正的所需所願，然後才能全力以赴向困難挑戰，並投身於更好的事業中。

誰也別指望自己的人生可以「轟隆」一聲來一個翻天覆地的變化。改變，只能從細微處入手。積跬步以致千里，積小流以致江海。在點滴的改變中，總有量變引發質變，水滴石穿的那一刻。

別嫌目標小，也別怕進步慢，從你做到改變自己的那一刻開始，未來的人生，已經有一個無限大的可能了！

從來沒有一個完美的花花世界等著你

成長與環遊世界一樣，是一場冒險，也是一種承擔。你看到了這個世界的廣大，享受了廣大帶來的自由和機會，同時也必須承擔這個世界的不完美，與這種不完美和平共處。

我在李笑來的專欄裡，看過這樣一個故事：

有兩個朋友，年輕時都當過船員，一起出國打工。那時候出國打工是一件很賺錢的事，同時也是一場冒險，有無數的未知等在前面。

結果兩個朋友回來後，對外面世界的描述大相徑庭。一個說外面的世界很精彩，好人很多，貴人也很多，比如他在阿姆斯特丹港口，想用投幣式電話跟家裡人聯繫一下，但口袋裡一個硬幣也沒有，語言也不通，不知道去哪裡換，一對路過的小情侶見他著急，比了手勢要他等一下，一會兒回來送給他很多很多硬幣，滿滿地，雙手都捧不下。在他口中，在國外的那兩年時光是一場美好的「環遊世界」的傳奇經歷。

而另一個朋友卻說，外面的世界非凶即險，一路遇到數不清的壞人，壞到無法想像，那口氣就好像大家都一股腦的想害他。

其實，這兩個朋友前後出發，走的是同一條航線。

就我自身的經歷而言，北漂多年，身邊也有很多北漂的朋友，大家聊起來，對這個留下了青春和熱血的城市，態度也是不盡相同。

有人說，本地人排外，長安米貴居大不易，北漂史就是一部血淚史；有人說，一路走來，遇到太多好人，不然堅持不到今天。

其實，同是北漂，大家的經歷都差不多。半夜被房東驅逐，被黑心老闆壓榨薪水這些事，很多人都遇到過，只是每個人選擇忘記和記住的東西不同。

所以，有些人覺得這個城市對自己的接受度越來越高，對這裡越來越有感情；而有些人始終批評不斷，房子太貴，空氣不好，出門就堵車，一邊罵一邊呼吸著霧霾賴著不走。

李笑來說：「我們所生存的這個世界並不只是冷冰冰的客觀存在而已。這個世界是有生命的，它甚至可能是有靈魂的：你如何對待它，它就如何對待你。」

他問大家：

你的世界裡有哪些不美好的地方？

那之中，有多少其實可能是你自己的選擇？

你如何看世界，世界就如何呈現在你面前；你如何對待世界，世界就如何回饋你。就像復旦名師陳果說的，你活得很low，你的世界也不會美好到哪兒去。

—✳—

我曾經採訪過一位女企業家。她說她這一生，跌宕起伏，出身很好，但是身體不好，曾經纏綿病榻好幾年；事業不錯，但是婚姻不順，當了二十年的單身媽媽；被貴人扶持過，也被小人害過；被這個世界善待過，也被生活折磨過。

總之，世界不可能完美。

既然不能擁有最好的一切，那就把一切都變得最好。

不能擁有最好的一切，就把一切都變得最好。我對這句話印象特別深刻。

說到底，如何看待這個世界，是一種人生態度。

有一次我坐計程車，開車的是一位中年大姐，她很健談，很熱情，喜歡跟乘客聊天，同時也怨聲載道，負能量滿滿。

她說自己原本是一家手套工廠的員工，兢兢業業工作許多年，後來企業經營不好破產了，她也失業了，無奈之下就做了計程車司機。眾所周知，服務業很難做，乘客好的少壞的多，動不動就投訴，害得她總被公司罰款，買了理財產品想投資也賠得一塌糊塗，沒人在乎這是她的血汗錢。她覺得他們這一代人很倒楣，企業沒把他們照顧好，將他們孤零零地扔在半路，命運太不公平，人情太淡薄，世界太醜惡……

說實話，我對她這種抱怨十分無感。我們這一代人，已經習慣了一畢業就靠自己奮鬥謀生，從來也沒指望過什麼人、什麼機構或者什麼公司能照顧自己一輩子。

一個人成年獨立後，從邁出家門的那一刻起，就應該知道前面並沒有一個完美的花花世界在等著你。

成長與環遊世界一樣，是一場冒險，也是一種承擔。

你看到了這個世界的廣大，享受了廣大帶來的自由和機會，同時也必須承擔這個世界的不完美，與這種不完美和平共處。就像享受了陽光的明媚，又怎麼可能要求陽光下沒有暗影呢？

當有一天，你可以承擔的越來越多了，你可以忽略世界上太多的不完美，可以用自己的方式努力去追求生活中的美好時，那你就成熟了，豁達了，變得強大了！

據說，佛陀當年初次給弟子們講法，首先就是教他們去認識、體會這個世界的缺憾和矛盾，去看自身與世界之間是怎樣衝突不斷、苦惱重重的。若能改變態度，不僅對世界的認知會更準確、更完整，更重要的是，我們能夠用更寬闊的視角去看世間萬象，這種寬闊的視角被稱為智慧，能讓我們活得更加快樂和自在。

真正的智者，懂得接受世界本來的樣子。

他們不會造一個幻象來欺騙自己，也不會像鴕鳥一樣把頭鑽進沙子逃避一切，更不會怨天尤人，伸手向這個世界要公平和美好。

從盤古開天闢地開始，這個世界從來都是良莠並存的，何曾完美過？在不完美的世界裡，盡量締造一份美好的生活，是每個人畢生的課題。就像海明威所說：「世界並不完美，卻仍值得為之奮鬥。」

找一件事讓自己終生熱愛

熱愛是對生命的一種滋養，有一件熱愛的事終生相伴，你可能既能躲過年少迷茫，也能避過中年危機，還能擺脫老年寂寥，一輩子活得充實而有滋有味。

十五歲那年，我列了一個人生清單給我爸看。在那個年齡的人，總覺得時間很多，餘生漫長，長到似乎永遠都過不完，所以我寫了大概一百多件事。

我爸看了看，問我：「這些事情哪件是妳最喜歡的？」

我說：「都喜歡。」

他把清單扔回來，說：「這只能說明妳還沒找到一件能讓自己終生熱愛的事，再找找吧。一生做不完這麼多事，把自己最喜歡的事做好就不錯了。」

當時對爸爸的這句話不是很能理解，現在我覺得我爸說得非常有道理，想做得太多，就會導致哪件事都做不好，因為人的能量被分散了，任何一種努力都收效甚微。你不可能做到你想到的每一件事，只有刪繁就簡，攝心一處，在自己最熱愛的事情上投放精力，人生才有可能變得不同。

一九九三年，美國導演史蒂芬．史匹柏（Steven Allan Spielberg）邀請演員路易斯（Daniel Day-Lewis）出演傳記影片《林肯》（Lincoln）中的主角林肯。路易斯非常喜歡這個角色，但他覺得自己才三十七歲，演五十六歲的林肯不合適，於是婉拒了導演的邀請。因為沒有物色到合適的演員，《林肯》的拍攝一度擱淺，這一放就是十七年。

二〇一〇年，史蒂芬．史匹柏再次邀請路易斯出演林肯，這次路易斯答應了，不過，他要求用一年的時間來揣摩角色。

史蒂芬．史匹柏認為以路易斯的演技、年齡和氣質，直接拍攝應該沒有問題。但是路易斯堅持自己的想法，導演只好答應了他的要求。

這一年裡，路易斯讀了一百多本關於林肯的書籍，對林肯進行了全面深度的研究。他請頂級造型師把自己變成林肯，還開始以林肯的身分生活。他讓人們改口稱他為「總統先生」，他模仿林肯說話的聲音，模仿林肯的姿勢、動作和神態，他吃林肯喜歡吃的菜，穿林肯喜歡穿的衣服，讀林肯喜歡讀的書，去林肯喜歡去的場所。不少親朋好友難以理解路易斯的做法，認為他走火入魔了。有一次，路易斯在姨媽家的聖誕晚餐上，仍然用林肯的思維和語調與桌邊的黑人朋友說話。路易斯的表兄忍無可忍，把他「請」出了家門。然而外界的干擾絲毫沒影響到路易斯把自己變成「林肯」的決心，他沉浸在林肯的世界裡，距離真實的林肯越來越近。

二〇一一年五月，史蒂芬．史匹柏收到了路易斯的一個快遞，裡面有一盒錄音帶。裡面的男高音尖細，略帶沙啞，又混合著伊利諾、印第安那和肯塔基口音——與觀察家們對林肯聲音的描述幾乎一模一樣。單憑這聲音，史蒂芬．史匹柏就知道路易斯做足了功課。二〇一二年十一月十九日，《林肯》在北美地區上映，路易斯出神入化的演技讓影片獲得了極大的讚譽。路易斯憑藉在影片《林肯》中的精彩表現第三次獲封影帝，成為電影史上獲得奧斯卡最佳男主角獎次數最多的男演員之一，並因此又一次登上了《時代週刊》的封面。封面上有這樣的問題：最優秀男演員如何變成「林肯」？答案只有兩個字：熱愛。

熱愛就是沉下心把一件事做好，這是一種很強大的力量，能把一個人的潛力發揮到極致。熱愛會讓生命變得更有質感，並帶來超高的效率。真心地熱愛一件事，你會發現要做好它比我們想像得要簡單得多，收穫和成就感也大得多。

只有自己真正地對一件事情保有持久的興趣，發自內心地願意投入時間、精力和熱情，才能達到百分之百的專注。過去，梨園有句話叫「不瘋魔，不成活」，說的就是這種因為熱愛而引發的投入。

—※—

十五歲的時候我覺得一生太長，現在卻漸漸明白人生如白駒過隙，倏忽而已。一般情況下，大多數人的生命長度並沒有太大的差別，但是品質卻有著天壤之別。高品質地度過短暫而又珍貴的一生，是人們不懈追求的目標。

如果人的一生，沒有一件終生熱愛的事情，生命的品質真的很難說有多高。這樣的人生，很難想像該有多匱乏、多無味。

熱愛是對生命的一種滋養，有一件熱愛的事終生相伴，你可能既能躲過年少迷茫，也能避過中年危機，還能擺脫老年寂寥，一輩子活得充實而有滋有味。

我在一本雜誌上看到過一首詩：「喂 說什麼不幸／有什麼好嘆氣的呢／陽光和微風／從不曾有過偏心／每個人／都可以平等地做夢／我也有過／傷心的事情／但活著真開心／你也別灰心。」

這首詩並非文采飛揚到讓我頂禮膜拜的程度，但我對寫詩的人卻極為欣賞。

寫詩的人是日本老婆婆柴田豐，她出生於一九一一年，二十歲的時候嫁給一個男人，結婚半年發現對方是個無賴後選擇離婚。三十三歲時與一個廚師相愛，再次結婚。後來丈夫死了，她獨居。

年輕時，她就熱愛文學。

九十二歲時，她跳舞扭傷了腰，兒子怕她心情不好，就鼓勵她寫詩。這一寫就一發不可收拾，她不停地寫，不停地發表在報刊上。二〇〇九年秋天，九十八歲高齡的她出版了自己的處女詩集《人生別氣餒》，在詩歌書籍印量只有幾百本的日本，當年銷量就超過一百五十萬冊，並進入日本二〇一〇年度暢銷書籍前十名。她快樂地寫詩，字裡行間充滿了熱愛生活的激情。她的詩歌以愛情、夢想和希望為主題，像陽光一樣清澈而溫暖。《產經新聞》「朝之詩」專欄編輯在《人生別氣餒》序言中說：「只要看到柴田婆婆的詩，我就彷彿感受到一絲清爽的風吹拂臉龐。」

二〇一一年初，她出版了第二本詩集《百歲》，當記者問她：「妳沒有意識到自己一百歲了嗎？」她笑著說：「寫詩時沒有在意自己的年齡，看到寫好的書，才知道自己已經一百歲了。」

一個人找到一件事讓自己終生熱愛，活了一百年，快樂了一百年，還有比這更美好的事嗎？

珍愛自己，是最幸福的事

將就的生活方式背後，隱藏著「不珍愛自己」的人生觀。在眾多的選擇中，選一個看起來還不錯，也不需要付出太多的選項；或者那些選項都不是自己想要的答案，就隨便將就著選一個算了。

很多年前的某一天，我接到一個電話，一個朋友問我在幹什麼，我說在銀行申請貸款，想買房子。

他說：「現在買房子不是找死嗎？」

我大驚：「怎麼說？」

他以一副「專家」的口吻勸我：「現在不要買，不值，相信我，房地產市場早晚有一天會崩盤的。」

我猶豫：「可是我現在租的房子太破了，離公司遠，還不能安裝寬頻……」

他說：「將就幾年吧，在外打拚哪有資格享受？房子早晚要降價的，人生要有長遠規劃。」

被他這樣一說，買還是不買，我頓時倍感糾結。猶豫了幾天之後，我想通了：我買房子不是為了投資，而是為了提高生活品質，新房子離工作的地方很近，能夠縮短一半上下班的路程，節省下來的時間可以做自己喜歡的事；有落地窗，可以在躺椅上享受陽光；可以把父母接來小住，享受天倫之樂；可以收藏一些自己喜歡的東西。幾年後房價降了，差價就算為這些好處買單了吧。

於是心一橫，我就買了這房子。一眨眼十年過去了。房價不降反升，當年在蛋黃區能買一間房子的錢，如今在蛋白區外付個頭期款都緊繃。

誤打誤撞碰對了買房時機，不是因為我會理財，僅僅是簡單地想對自己好一點，在能力範圍之內，努力讓自己活得舒服一點。

我那個朋友至今沒買房，生活越來越難以將就，兒子出生了，父母過來幫忙帶孩子，一家人擠在不大的出租屋裡，房租隨著房價水漲船高，跟我的房貸相差無幾。看看，「將就」的想法真是要不得。

將就的生活方式背後，隱藏著「不珍愛自己」的人生觀。在眾多的選擇中，選一個看起來還不錯，也不需要付出太多的選項；或者那些選項都不是自己想要的答案，就隨便將就著選一個算了。

這種邏輯的本質就是敷衍自己，對自己不負責任，說白了就是看扁了自己，不把自己當一回事。

找對象的時候，明明心裡並不滿意，可是大家都勸，世界上哪有那麼多白馬啊，年紀越來越大了，找個實用的驢將就將就就好了。於是兩個人就這樣一年一年將就著過下去了。

工作的時候，明明這份工作既沒有太好的前途又沒有太高的收入，但是一想「好歹還算穩定」或者「跳槽有風險」。於是就一年一年地混下去了。

安家的時候，雖然社區環境不太好，物業管理也不好，但是一想「換房多麻煩啊」。於是一年一年地住下去了。

凡此種種，皆屬於將就的人生。問題是，今天因為這事將就幾天，明天因為那事再將就幾天，一輩子就在將就中過去了。人生本來就那麼幾十年，每一天都要認真地過，哪能總是將就呢？你真的相信還有下輩子嗎？你就忍心這麼將就著過嗎？在將就中，你體會到幸福了嗎？

—✳—

不知道從哪天開始，「窮遊」這個詞突然流行起來。很多人都熱衷於這種旅行方式，很不幸，我也被一個女性朋友拐去窮遊了一次。

那真是一次疲累不堪的旅行。一路上住最便宜的旅店，沒有熱水，不能洗澡，晚上幾乎被蚊子吃掉，永遠別想找到一個乾淨的地方如廁。累死也不能招計程車，必須坐公車或者步行。行程過半，我求饒，實在受不了。我已經沒有遊山玩水的雅興，覺得自己全身難聞得像是快餿了一樣，只想找個地方洗個澡，喝杯熱茶，舒舒服服地睡一覺。

朋友不放過我，只好又咬牙堅持了幾天，直到某天看到她竟然用洗衣粉刷我們喝水的隨行杯，我頓時尖叫：「妳會毒死我們的！」她淡定地說：「出門在外，就將就一下吧。」

因為這個散發著超乎想像味道的杯子，我們終於中途分道揚鑣了。

我發誓再也不搞這種所謂的「窮遊」了。也許每個人對「旅遊」的理解不同，我一直想不明白，這是出去旅遊？還是體會人生艱辛？

有些事情，該講究就得講究；有些東西，該換就得換。

扔掉那個用了三年的舊包包吧，雖然它還沒有壞，也不要再將就著用了；換掉那個雞肋般的工作吧，不然到最後連退路都沒有了；換掉那個糟糕的房子吧，房子是身體的延伸，沒有必要這麼委屈自己。

張小嫻有一篇短文，名字叫〈吃一餐，少一餐〉：

「許多年前跟蔡瀾吃晚飯，一個晚上，跑了八個地方。在一個地方坐下，食物來了，只要你說一聲：『不大好吃。』他立刻就說：『不大好吃就不要吃，我們到別處去，倪匡說的，在我們這個年紀，吃一餐就少一餐。』我不是他們那個年紀，一晚跑了八個地方，也深深體會到吃得不好，是不能忍受的。吃一餐就少一餐啊！有一天能吃到天下美味，卻已經沒牙齒了，後悔也太遲，只能看著別人吃得津津有味。自從知道吃一餐，少一餐之後，我變得非常的嘴尖，不好吃的東西，絕不勉強接受。不喜歡的人，也絕不勉強自己與他同桌吃飯。一個男人感觸地說：『愛，也是做一次少一次。』要到某個年紀，才有這種覺悟吧？所以，要和自己喜歡的人做。」

人生，不僅僅是「吃一餐，少一餐」，哪一件事不是做一次少一次呢？日子過一天少一天，為什麼不能為自己喜歡的東西全心付出，乃至全力爭取呢？

越不懂得珍愛自己的人，越能忍受生活中糟糕的一切，時間長了，標準低了，也沒心思了。

—✳—

有太多溫吞的人，過著溫水煮青蛙的日子，

卻用「平平淡淡才是真」來安慰自己。

把「將就」說成「平淡」，實際上是缺乏勇氣的表現。不願改變現狀，是怕付出？怕花錢？怕失敗？要知道你的時間和精力，無論付出或不付出，都會流逝，早付出，說不定還能夠早一些收穫成就和幸福。至於靠降低生活品質的標準來省錢，也夠令人無言了。既然能夠為了省錢而降低生活品質，為什麼就不能賺錢去提高生活品質呢？

HP歷史上第一位女CEO卡莉・費奧瑞納（Carly Fiorina）說：「我做任何事情，都要求自己達到第一流的標準。坐飛機我一定坐頭等艙。飯店我也會選最好的。我的公司一定在當地最好的商辦大樓，這並不是我太樂於享受，我就是覺得那樣的地方才與我優秀的心思相配。」

發自內心地珍愛自己的人，才有自信和底氣說這樣的話，覺得自己值得擁有更好的東西，值得擁有更好的人，值得看更好的風景，因此更願意努力奮鬥，一路追風趕月，過精彩的人生。

對自己好點，別怕別人說你自私，也別怕別人說你虛榮，好好過日子，日子才能越來越好。不要輕易放棄你心底深處想要的東西，永遠不要！

用一句我喜歡的話結尾：生活就在那裡，記得珍愛自己。

跳出自己看自己

一個人只有在瞭解、看清自己的基礎上，才能做出最適當的選擇。因為瞭解自己，你不會去羨慕別人的前程，不會去追隨別人的軌跡，你可以承認自己和別人不一樣，沒有必要跟別人走一樣的路。

在金庸先生的著名武俠小說《天龍八部》裡，有一個「珍瓏棋局」的故事。逍遙派掌門人無崖子用了整整三年的時間，擺出一個曠世奇局——珍瓏棋局，邀請天下英雄來破局。該棋局劫中有劫，複雜無比，懸賞三十年，黑白兩道的高手一個個來試，均無人解得。最後，棋局竟然被虛竹和尚以「自殺式」的解法，誤打誤撞地解開了。

大家都說，金庸寫這段珍瓏棋局，其實是為了寫人生道理。段譽之敗，在於愛心太重，不肯棄子；慕容復之敗，在於權欲太盛，不肯失勢。被這個完全不懂下棋的虛竹攪了局後，一眾武林高手才覺醒，原來他們都在局裡，而虛竹在局外。

只有在局外的人，才能看清楚最真實的狀況。

生活中也是這樣，我們之所以陷在一些困境裡走不出來，往往是因為深陷在自身的局中。

有個心理諮詢師朋友跟我說了一個案例。有個女生來找她做諮詢，說自己陷在四角戀愛中走不出。她與第一個男朋友交往之初感覺很好，半年之後覺得男友不像一開始那樣對她關懷備至了，於是她私下又與另一個男孩交往，過了幾個月後，同樣的感覺再次浮現，她故技重演，又找了一個新的男孩交往，她深知這種情況不可能長久維持下去，必須在三個男孩之間做出選擇才行。她求心理諮詢師幫她出出主意，到底選哪個男孩好？

心理諮詢師思忖良久，問她：「妳有沒有試過，跳出自己，以局外人的眼光看待這件事，妳與三個男友交往之初是什麼感覺，後來為什麼會移情別戀？」

女生回去想了好久，後來打電話給心理諮詢師，說她想清楚了，三個男孩都有一個共同的特點：他們的性格全都像她爸爸。

她的父母從小離異，她十幾年沒見過父親了。兒時與父親的親密相處深深地刻在她的記憶裡，與每個男友交往之初，他們都對她關懷備至，帶給她父親般的感覺。隨著交往時間越久，這種感覺漸漸平淡了，已經上癮的她，只好換一個同樣類型的男朋友，重溫這種美好。

所以，她亟需解決的問題，並不是選哪個男孩當男朋友，而是如何在親密關係中安置自己的戀父情結。

這一切，只有靜下心，跳出自己的現狀，跳出自己的情緒，以第三者的視角看待自己，才能撥開重重迷霧，發現自身的問題。

想要成為更好的自己，看清什麼是真實的自己，是第一關。

千百年來，人類從未停止過對於自我的探索。雅典有一座德爾菲神廟，在它布滿歲月痕跡的斑駁石柱上，刻著一句話：人啊，認識你自己。這句話點燃了古希臘光輝的哲學歷程。

在東方，儒、釋、道三家的精神，都有一個核心思想——明心見性。也就是看清楚自己的心，瞭解自己的本性。

只有看清了自己，你才能知道你將要幹什麼，將往何處去。

古語說，人貴有自知之明，可見能做到真正的自知也不容易。大多數人都覺得不可能有人比自己還瞭解自己，好像自己才最瞭解自己的心性，其實啊，未必！

歐洲某個城市曾經舉行過一次模仿卓別林的比賽，卓別林聽說後，偷偷地也去參加。結果，經過評選會的細緻評選，比賽結果揭曉，卓別林獲得亞軍，居於第二。

有人比卓別林自己更像卓別林，這不是天大的笑話嗎？但事實的結論卻令人信服，模仿者站在局外人的角度，更清楚、更準確地模仿了卓別林最具代表性也最能引起人們共鳴的特點、動作，逼真地再現了卓別林，使之個性更鮮明、更突出、更生動。

而卓別林本身便是卓別林，他因為走不出自己對自己的認識局限，並沒有突出最個性化的東西，因而失敗也就理所當然。

—✳—

「不識廬山真面目，只緣身在此山中。」一個人如果能做到時時跳出自己看自己的局限，以他人的眼光重新審視自己，觀自己的所作所為，度自己的所思所想，也許你會大吃一驚。

或許，因為跳出自己看自己，你對一直以來抱有的堅定想法，開始感到質疑；或許，你一直以來堅持的一個固執想法，開始有所鬆動；或許，你一直以來解決不了的一個難題，突然有了方法……

所謂跳出自己看自己的局限，實際上就是打開自己的「心」眼，就像童話《小王子》裡說的，生命中真正重要的東西，用眼睛是看不見的，我們只能用心去發現。對自我的認識，需要用內在的、心靈的眼睛去發現，去洞察。

唯真自知方有真自愛。一個人只有真正地瞭解自己、明白自己、知道自己，才有可能對自己有真正的關愛。如果不瞭解自己，所謂的自愛，只是虛無，甚至只是表演。

唯真自知方有真自由。一個人只有在瞭解、看清自己的基礎上，才能做出最適當的選擇。因為瞭解自己，你不會去羨慕別人的前程，不會去追隨別人的軌跡，你可以承認自己和別人不一樣，沒有必要跟別人走一樣的路。你根據自知來做出選擇並承擔自己的命運。深刻地自知，清醒地選擇，勇敢地擔當，無悔地向前，這不是自由是什麼？

當你能認清和包容自己，就會對自己的缺點坦然接受，與不完美的自己和解，這個過程，也是心靈成長和成熟的過程。幻覺一旦放下，我們就可以和真實而美好的自己建立一個單純的關係，並能在這個關係中，體會到真正的喜悅和安寧，變成更好的自己。

作家林清玄說：「小丑由於認識自我，不畏人笑，故能悲喜自在；成功者由於回歸自我，可以不怕受傷，反敗為勝；禪師由於反觀自我如空明之鏡，可以不染煙塵，直觀世界。認識、回歸、反觀自我都是通向自己做主人的方法。」自己做主人，乃人生大自在的境界。

跳出來，試著看清自己，看清自己真正想成為什麼樣的人，想走什麼樣的路，然後竭盡全力地把這條路走好，成為自己，實現自己！

有一種美好，叫「溫柔的堅持」

如果我們自己也不活自己的生命，又該是誰去活呢？用自己的生命交換陌生的不單是愚蠢，而且是一場虛偽的遊戲，因為你永遠不能真正活出別的生命，你只能偽裝自己交換其他的生命。

深夜，我在社群網站上看見一張照片，一時唏噓感慨。

照片上的女子穿著很好看的孕婦裝，是個即將迎來二寶的辣媽，英俊的老公玉樹臨風地陪在她身邊，腳邊坐著乖乖的大兒子，一家三口的顏值加起來都能高過珠穆朗瑪峰。她叫小Sa，是我的閨密兼老同事。

多年前，我還是個職場新人，在一家出版社上班。有一天，一個女生來公司面試，走的時候被警衛攔下，又折返回來找我拿訪客證。後來，我問她，一屋子人，妳幹嘛非找我拿訪客證啊？她說：「別人都長得很像編輯，只有妳長得像櫃檯總機。」我說：「去妳的。」

第二天，這女生來上班了，坐我背後。我們兩人撐著氣場，都想把對方的氣勢壓下去。後來就慢慢混熟了，而且一混就混了好幾年。

好多人都奇怪性格反差極大的我和她，為什麼會是閨密。那幾年，她的漫不經心是出了名的。我記得有一次開會，主編要大家說說自己的「願景」（呵呵），我清楚地記得當時她說的願景是死後埋在非洲什麼什麼河旁邊的一棵什麼什麼樹下。

有一次，我跟她一起去上一堂時間管理的課，回來的時候她要招計程車，我反對，因為計程車太貴了，不如坐地鐵。兩個人就在馬路邊上爭執起來，我埋怨她一點苦都吃不得，她淡淡地說：「我為什麼要吃這種苦，吃這種苦有什麼意義？來上課學的就是時間管理，提升效率，妳還要我在下班時間交通高峰的時候擠地鐵，倒來倒去，在路上耗兩個小時？我寧可吃早起背單詞、熬夜加班的苦，也不吃這種在地鐵裡把自己擠成照片的苦。」

後來我看到過一句話，「人生苦難重重，我只想去吃我自己選擇的苦」。說這話的是一位十六歲的少年。他絕對是一個智者。就算人生苦短，一定要吃很多苦，這個苦也最好是你自己選的。這句話讓我瞬間想起小 Sa，想起我倆在路邊爭論的那個黃昏，現在我承認，她是對的。

當時很多朋友對我跟她交往都頗有微詞。在別人看來，她好高騖遠，孤芳自賞，貪圖享受又不切實際，一輩子都難有出頭之日。我說她是一個很有理想也很有情懷的人，而且才華橫溢，大家聽完都快笑翻了。

確實，她與這個社會崇尚的勇猛精進的主流勵志形象絲毫沾不上邊。她貪吃，臭美，口袋裡沒幾個錢還矯情，受不了一點物質上的勉強，為人高冷，什麼情商啊，人脈啊，八面玲瓏啊，在她看來都是胡扯。這樣的人，是不是一輩子都與成功無緣？

之後的幾年，她被外派到上海，最後在南京遇到真命天子，就此安定下來。

不知道從什麼時候開始，她的生活漸入佳境。一路趕進度，生了兒子，買了房子，做了高階主管，還整天到處遊玩，社群網站上曬的都是幸福。

有一次，她突然對我說，她存了私房錢，今年的目標是一百萬。

我嚇了一跳。

那個口袋裡沒錢、吊兒郎當的小妞，現在變成一年可以存一百萬私房錢的小富婆了？

再後來，她自己創辦公司，當了老闆。但她看起來沒什麼不同，整天還是一副「大姨媽來了」的死樣子。

在我看來，小Sa有一種能力，就是溫柔地堅持。她想做一件事情，從不誇大遇到的阻力，也不在意別人的眼光，更不受他人的左右。你似乎都看不出她的努力，實際上她對一個目標的堅持和付出，比一般人要長得多、多得多，她對生活溫柔以待，把日子過得舉重若輕。

她從不虧待自己。交朋友，一定得是談得來的；找男人，一定得是帥的；穿衣服，一定得是漂亮的；吃東西，一定得是美味的；工作，一定得做自己喜歡的。

她篤信吸引力法則，堅信想要的一切都是吸來的，而不是求來的。好好地做自己，一切就會慢慢變好，切莫到最後，功成名就，但一肚子滿滿的都是委屈。

這樣的人，明白自己是什麼樣的，不靠別人的評判來證明自己，也不在乎別人的眼光，所以能夠不受干擾，按自己的節奏成長。

所以，如果她死後真的埋在非洲什麼什麼樹下，我也不會覺得奇怪。

—✳—

辯論型綜藝節目《奇葩說》第四季最後一集的辯題是：「我們最後都會變成自己討厭的人，真的是一件壞事嗎？」

播出之後，有人更狠地補刀：「變成了自己討厭的人，卻還是沒有活好。」

這句神補刀，說出多少人的無奈和不甘？

有太多的人感嘆生活艱難，壓力山大，改變不了環境，只能被環境改變。

小 Sa 是我的朋友裡為數不多的，堅持做自己，終究沒有被自己討厭，又活得很好的人。

有句有點老套的話叫不忘初心，小 Sa 的初心就是：老娘就是這樣！以前這樣！以後這樣！永遠都這樣！

每個人都擁有想做自己的強烈渴望，一個人幸福和快樂的根源，就在於他能不能做自己，能不能堅持做自己。

每個人在成長過程中，都會受到來自家庭、學校、社會的一些標準的制約，都要接受他人的目光和評價。這些標準和評價有時與我們內心真正的希望相悖，但是迫於壓力，很多人漸漸地成了「盜版」的自己，開始遠離幸福，內心深處無比彆扭，時時較勁，生活似乎成了一場心有不甘卻又格外賣力的表演。

很多人活得十分努力和認真，但是他們就是不開心。做自己生活的主人，不僅僅需要努力和勤奮，更加需要勇氣、需要自信、需要堅持。

起碼，你得做到不以別人的言行為方向。別人希望你做什麼，別人說你什麼，都是上下嘴皮一碰那麼容易，但做起來，其中的辛勞、責任等都是需要你自己實實在在地承擔的，甚至要你付出畢生的時間和精力，這樣一想，其中的得失是不是值得好好計算？

可能不是每個人都能成就卓然，也不是每個人都喜歡恣意張揚，有的人就喜歡平淡恬然地活著。不管選擇哪種生活方式，人總要問問自己：什麼是我最渴望的生活？什麼是別人對我的要求？什麼是外界給我貼的標籤？

看清楚內心對自己的期待，接受自己、悅納自己，就能從糾葛的煩惱中豁然開朗，好像太陽從濃密的雲層探出頭來一般，找到自我，擺脫別人的意志來生活。

瑞士心理學大師榮格說過：「如果我們自己也不活自己的生命，又該是誰去活呢？用自己的生命交換陌生的不單是愚蠢，而且是一場虛偽的遊戲，因為你永遠不能真正活出別的生命，你只能偽裝自己交換其他的生命。」

所謂的活出自己，不僅是外在形式的選擇，更是與內在的自己真實靠近、全然認識與接納。當這種與自己的幸福關係建立時，別人說什麼都是浮雲。當我們能夠開始欣賞那個獨一無二的自己，重新擁有「正版」的自我時，幸福就會在我們內心深處開枝散葉，開花結果。

希望我們都能做一個溫柔的有主見的人。用女性自己的方式，溫柔地堅持做自己。如果有夢想，也請溫柔地堅持，用自己的初心去定義屬於你自己的人生。

你不必完美，只要自己喜歡就好了

很多人錯把別人眼中的完美當成自己的目標，卻在追求這個目標的過程中，不知不覺地弄丟了很多東西：親情、友情、真誠、真實和自己的幸福感。

有一次，陪閨密帶女兒上游泳課。下了課，孩子洗完澡，閨密幫她穿褲子，孩子要站在更衣間的長椅上穿，閨密非要她坐下穿。

孩子說了一句：「萌萌就是站著穿褲子的。」

閨密立刻火了，教訓孩子：「妳自己試試看，站著穿方便還是坐著穿方便，萌萌怎麼穿跟妳有什麼關係？」

孩子不甘示弱：「萌萌是我最好的朋友，不跟她一樣她會不喜歡我的。」

閨密更火大了：「只要妳自己喜歡就好了，褲子穿在妳身上，管人家幹嘛？妳記住，總有人喜歡妳有人不喜歡妳，妳得先喜歡自己，為了討別人喜歡而委屈自己，就是個傻丫頭！」

孩子眨眨眼睛沒說話，五歲的孩子大概也是聽得似懂非懂。

我覺得閨密真的很多此一舉，站著穿褲子還是坐著穿褲子，也不是什麼原則問題，有必要講這麼多大道理嗎？

閨密說：「妳不知道，這個孩子有點完美主義，太在乎自己在別人心裡的形象，太在意別人怎麼看自己，沒有自己的主見，總是去模仿和迎合別人，這樣下去，長大了會活得非常累！」

我明白閨密的火氣從何而來了，因為她自己曾經就是這樣的人，為此吃過不少苦頭，都是人生的血淚教訓啊！

有人說，做人難，做女人更難。女人一生肩負著多種角色：人家的女兒、人家的媽、人家的兒媳婦、人家的妻子、人家的下屬、人家的上司……有些事情，無論怎麼用心處理，無論多麼八面玲瓏，也難以做到人人都滿意，人人都痛快。所謂眾口難調，不就是這個道理嗎？

每個人都有每個人的需求，每個人都有每個人看問題的視角，再怎麼八面玲瓏的人，也不可能在人際交往中取悅所有人，令每個人都滿意。反而，越是在意別人的觀感，越會對自己沒有信心；越在意別人怎麼想，越容易使自己的缺點變成沉重負擔。每天面對著十目所視、十手所指的壓力，總覺得別人時時刻刻都在注意自己的缺點或疏忽。

在人際交往中，人們難免會不由自主地想要瞭解別人怎麼想，這也是交流情誼的基本心理過程，不關心對方怎麼想，不學會換位思考，就會變得剛愎自用，少一點知人之明。但如果你太介意別人的想法，就會使得一個人變得退縮，失去積極主動的活力，失去伸展自我的機會。更嚴重的是，過分在意別人的評價，往往會在別人的逢迎誇獎中做出錯誤的決定，也會在別人的口誅筆伐中潰不成軍。

所以，很多時候，做人比做事更重要！做人要有明確的原則，只有搞清楚原則，與人交往溝通起來才會更有方向感，才會更清楚自己到底應該怎樣去做！沒人能擁有完美無缺的形象，在人際關係中追求完美主義，容易被人利用。特別是女性，一定要保持自己的原則和主見，不要企圖迎合每一個人，就像我閨密說的，那是做不到的，還會使自己活得很累。

—✳—

有一本很暢銷的書叫《失落的一角》（The Missing Piece），作者在書裡講了一個故事：

「一個被劈去了一小片的圓想要找回一個完整的自己，到處尋找自己的碎片。由於它是不完整的，滾動得非常慢，於是領略了沿途美麗的鮮花，它和蟲子們聊天，它充分地感受到陽光的溫暖。它找到許多不同的碎片，但它們都不是它原來的那一塊，於是它堅持著找尋……直到有一天，它實現了自己的心願。然而，身為一個完美無缺的圓，它滾動得太快了，錯過了花開的時節，忽略了蟲子。當它意識到這一切時，它毅然捨棄了歷盡千辛萬苦才找到的碎片。」

很多人錯把別人眼中的完美當成自己的目標，卻在追求這個目標的過程中，不知不覺地弄丟了很多東西：親情、友情、真誠、真實和自己的幸福感。

在二〇一七年全球女性領導者峰會上，我聽到過一場讓自己很有感觸的演講。演講人叫余進，是埃森哲（Accenture）戰略大中華區總裁，加州理工學院經濟學博士，前麥肯錫全球董事合夥人。一個人能擁有這樣一串令人眩目的頭銜，我以為她肯定要分享自己的成功經驗，沒想到她的演講題目是「原來我是隻井底之蛙」。

她說，讀書，她讀到了世界頂級學府的最高學位；工作，也做到了世界頂級類型公司的金字塔頂端。但是常年快節奏的工作，讓她失去了和家人交談的能力，她覺得自己是家裡最完美的人，其他人都有缺點，比如她的母親，明明是個高級知識分子，卻總是相信一些網路上傳播的小道消息，似乎對什麼事都沒有獨立判斷。總之大家都不完美，只有她自己是卓越的。所以每次母親在飯桌上想要開啟一個話題的時候，常常被她一竿子打死。後來她慢慢發現，每次跟她一起吃飯，家人都很緊張。

講到這部分的時候，她站在臺上忍不住哽咽。

當她有一天終於幡然醒悟，放棄了一個完美主義者對完美的執拗追求後，在生活中，她看到了很多過去看不到的美好。她從最早努力成為別人眼裡能夠接受的女性，到慢慢地學會了追求自我，透過這樣的努力，她發現自己反而能夠承載更多的人和事，更接近了自己想成為的那種人。

追求完美並沒有讓一個人更幸福，而允許自己不完美，反而讓生活變得更如意。我喜歡的復旦名師陳果曾經說過一句話，大意是如果你是一顆檸檬，就讓自己盡量地酸，如果你是一顆蘋果，就讓自己盡量地甜，做好自己，才是每個人的人生使命。

別人喜不喜歡你是他的事，你自己喜歡自己就好了。

事情就是這樣，即使你活成一個榴槤，有人對你深惡痛絕，肯定也有人對你愛之如命。

如果你非要又酸又甜，兼顧大家的口味，只能活成一個很累很累的「四不像」，酸也酸不到極致，甜也甜不到極致，越是追求完美，越是與完美背道而馳。

有一種女人，單身或結婚都會幸福

女人不是為男人而活，更不是為婚姻而活，而是為了自己而活，可是如果女人真的不在乎這個男人的價值觀，而是活在自己的價值觀裡，就要承擔被排斥、被視為異類的風險。

某一天我上網閒逛，看到一則新聞，有一個國家的官媒指名批評鄰國的一位女性官員，說人家「完全沒嫁過人，沒生過孩子」，所以「根本不知道也不可能理解那些幸福的人的高尚世界……但大家都沒有對這個古怪的老處女抱有期待」。

下面的評論也是五花八門的，有人說「這也太無聊了」，也有人說「一個正常的女人如果一生都沒有結婚生子，的確是不完整的人生，也會對人的心理產生不好的影響，讓這樣一個女人參與治理國家恐怕會產生負面的效果」。

為什麼有人會認為一個女人沒結婚生子就不幸福、不高尚，甚至不正常，乃至因此質疑她的工作能力？有很多國家的高級領導人甚至元首都是單身，但由於他們是男人，似乎沒有人說「一個鰥夫治理一個國家恐怕會產生負面影響」。

有一部電視劇叫《武媚娘傳奇》，我也看了幾集，有一集武則天抱著生病的皇帝老公表白說：「若是我只甘心做一個以色侍人的寵妃，或者是太子的母親，我跟陛下之間，也許，終有色衰情盡的那一日，說不定哪一天就會被年輕貌美的女子取代在陛下心中的位置……所以，我不僅要做你的皇后、你的知己，還要為你出謀劃策，跟你並肩作戰，要成為你手中，那把最鋒利的劍，讓你這一輩子都捨不得放下我。」

武則天參政的目的是為了永遠都不失寵，永遠在老公心中有價值，這不是胡說八道嗎？完全是男權社會中男性價值觀的意淫。

可怕就可怕在，不僅僅是男人把女人的價值附加在他們身上，很多女人自己也這樣認為。

比如港星鐘鎮濤的前妻章小蕙，一把年紀了，還在對媒體說：「我現在有六名追求者！」好像只要還有追求者，一個單身女人就依然擁有價值！這就是五千年來男權社會對女性價值的定義，而一旦一個單身女人不再被男人選擇了，不再成為男人的追求對象，那她的人生就太悲情了，稱她們為「剩女」還不過癮，還要根據年齡劃分出什麼「剩鬥士」、「必剩客」、「齊天大剩」……口口聲聲不離一個「剩」字，就像是市場裡被挑剩下的，沒人要的尾貨。

再優秀、再成功的女人，一旦沒有結婚，在大家眼裡，她的魅力、能力和價值都要打折扣。哪怕她真的很快樂，別人也會覺得她是裝的，否則也太沒心沒肺了，如果她恰巧又很自信，那簡直就是女神經了。我就聽到過一個女人用手指敲著桌子對我評價另一個女人：「我就不明白了，一個連婚都沒有結的女人，她的自信從何而來？」

以前看過一部電視劇，一個發跡了的老男人不愛自己的髮妻了，與小三一起設了一個圈套騙妻子離婚。發現真相的妻子發了瘋，用盡各種挽回舊愛的招式，依然無果之後，只好接受了離婚的結局，但是她要求辦一個離婚儀式。在這個儀式上，她請來了所有的親朋好友，她坐在臺上，輕聲細語地細數了二十年婚姻中所有的感人瞬間，比如最窮的時候兩人合吃一碗餛飩，他骨折她背著他上醫院，她熬夜加班賺錢支持他創業……最後說到他們越來越有錢，但是沒有了這個男人，她住在大房子裡，守著那麼多存款，又有什麼意義呢？她說自己半生都在為家庭付出，如今家散了，她的餘生還有什麼價值呢？簡直可以去死了。說得臺上臺下一片淚水漣漣，最後男人良心發現，在眾人的掌聲中雙方擁抱復合。

這一段氣得我胃痛。按理說，這樣一個渣男，還不趕緊拿著離婚證書給老娘滾！離婚儀式上這一大段感人的說辭，其實就是包裝得特別精美的男權思想。這個編劇肯定是個重度直男癌患者。說來說去，還是要女人在男人的需要中展現存在感，展現價值感。當這個男人不再需要她了，她甚至連活著都沒有意義了。她的年紀大了，皮膚鬆弛了，胸部下垂了，她連重打鑼鼓重開張，再為另一個男人付出的資格都沒有了，所以她明知道眼前這個人的心回不來了，也要苦苦地維持著一個名義上的婚姻。

女人不是為男人而活，更不是為婚姻而活，而是為自己活，這種話說了多少年，可是如果女人真的不在乎這個男人的價值觀，而是活在自己的價值觀裡，就要承擔被排斥、被視為異類的風險，哪怕你是一代女皇。

不過，還是有很多女性做到了把全部生命的能量都用在自己身上，去創造屬於自己的價值。她們享受愛情，但並不一定把婚姻當作愛情的歸宿。比如徐靜蕾，在記者問她為何不結婚的時候，她說：「我不覺得人應該要結婚。過去講婚姻是保障，我不需要保障——從情感上講我不需要保障，經濟上更不需要誰保障我。我不需要別人給我安全感，我挺有安全感的，那我為什麼要結婚？有什麼理由結婚？難道為了證明特別相愛就結個婚？但我生活挺圓滿的。誰規定人生角色一定要有婚姻才圓滿？」

在這段話裡，結不結婚不是重點，重點是她擁有強大的內心，能夠跳出男權的社會規則，建立自己的價值座標，活得真實而痛快。如果所有的女人都能有這樣的內心獨白，女人的日子就好過多了。

另一個結了兩次婚的女星，也是這樣一個內心強大而又自由的女人，就是伊能靜。有些女人嘲諷她是「小鮮肉收割機」，她在社群網站上如此回應：「那些以為只有年輕才能被愛的女人，是不是也認為自己老了被遺棄是活該？男人只該娶年輕女人，是父權社會自私的藉口，他們挑起女人的鬥爭，讓更自私的女人互相攻擊，年紀、身材、出生、生育能力，讓女人以為青春是唯一的價值，卻不知道不同年齡的女性本就各有各的風景，這些扭曲的價值觀，只為了給人藉口說喜歡年輕的才叫正常，也成了熟齡女性放棄自己的理由。為什麼女人要接受這種貶抑和屈辱，還嘲諷同性失去青春就失去追求自我的自由。強大的女性應該團結在一起，讓多數人知道什麼時候我們都能活得很精彩，生命的豐饒更可以跨越時間。真正活出自己的女人，靈魂絕不會被他人綁架，更不怕被任何扭曲的思想遺棄。」

這樣的女人，結婚或者不結婚，都是自己所決定的生活方式，而不是為了取悅他人或者迎合主流價值觀，所以她們的生活，有一種別樣的精彩。毋庸置疑，這樣的女人，單身或結婚都會幸福。

對於女性來說，不把自身的價值重點構建在男人和婚姻之上，還有很長的路要走，但已經有很多優秀的女性作為榜樣，在指引著我們去抵達靈魂自由的境界。只要滌蕩乾淨將自己是婚姻或者他人附庸的暗示，就能將實現自身價值作為生命中的首選，活出獨一無二的自己。

微文學29

你最該討好的人是你自己

作者——米夏
主編——楊淑媚
責任編輯——朱晏瑭
封面設計——今日工作室
內文設計——林曉涵
校對——朱晏瑭、楊淑媚
行銷企劃——許文薰
第五編輯部總監——梁芳春
董事長——趙政岷
出版者——時報文化出版企業股份有限公司
一〇八〇一九臺北市和平西路三段二四〇號七樓
發行專線——(〇二)二三〇六六八四二
讀者服務專線——〇八〇〇二三一七〇五
(〇二)二三〇四七一〇三
讀者服務傳真——(〇二)二三〇四六八五八
郵撥——一九三四四七二四 時報文化出版公司
信箱——一〇八九九臺北華江橋郵局第九九信箱
時報悅讀網——www.readingtimes.com.tw
電子郵件信箱——yoho@readingtimes.com.tw
法律顧問——理律法律事務所 陳長文律師、李念祖律師
印刷——勁達印刷有限公司
初版一刷——二〇一九年九月二十日
初版八刷——二〇二一年十二月二十三日
定價——新臺幣三二〇元

時報文化出版公司成立於 1975 年，並於 1999 年股票上櫃公開發行，
於 2008 年脫離中時集團非屬旺中，以「尊重智慧與創意的文化事業」為信念。

ISBN 978-957-13-7929-6
Printed in Taiwan

你最該討好的人是你自己 / 米夏作. -- 初版.
-- 臺北市 : 時報文化, 2019.09
面； 公分

ISBN 978-957-13-7929-6(平裝)

857.7 108013460